MADAME LA CARDINALE

DU MÊME AUTEUR
AUX ÉDITIONS SALVATOR

La fin de la mère, 2018.
Du dernier rang. Les femmes et l'Église, 2016 ; rééd. poche 2020.

Lucetta Scaraffia

Madame la cardinale

Traduit de l'italien par
Dominique Sicouri

SALVATOR

Édition originale :
LA DONNA CARDINALE

www.marsilioeditori.it
ISBN : 978-8829706655

Édition française :

Yves Briend Éditeur, SA
103 rue Notre-Dame-des-Champs F-75006 Paris
www.editions-salvator.com
contact@editions-salvator.com

Maquette intérieure : Atlant'Communication
Maquette couverture : Isabelle de Senhiles
Illustration : Fabio Visintin

ISBN : 978-2-7067-2071-0

Avertissement

Ce roman est une œuvre de pure fiction. En conséquence, toute ressemblance ou similitude avec des personnages et des faits existants ou ayant existé ne saurait être que coïncidence fortuite.

1

CARMELA Scognamiglio, indignée, protestait avec véhémence bien qu'il n'y ait personne sur qui passer sa colère, le professeur étant, comme toujours, parti avant son arrivée. Cette brave Napolitaine, aussi gentille et serviable que susceptible, pestait depuis plus d'un quart d'heure :

« Alors quoi ! Je lui prépare ses plats préférés et il n'y touche même pas, et sans un mot d'explication ! Et en plus, six soirs de suite, pas un seul ! Il n'a même pas fait l'effort d'ouvrir le four : tout était prêt, il n'y avait qu'à réchauffer ! Mais où vous croyez-vous, au restaurant ? Pour qui me prenez-vous ? Ah non, mon très cher professeur Cesi, moi, vous ne pouvez pas me traiter comme ça ! » Le téléphone sonna et la voix inquiète de la secrétaire du docteur interrompit ses récriminations :

— Excusez-moi Carmela, le professeur est-il encore là ?

— Non, il est sorti, je ne l'ai pas vu du tout.

— Seigneur, qu'allons-nous faire ? Il y a trois personnes ici à son bureau avec qui il avait rendez-vous. J'ai essayé de l'appeler sur son portable mais il ne répond pas.

— Le portable est peut-être déchargé ?

— Mais jamais de la vie ! Il y fait très attention. Pour couronner le tout, il y a un monseigneur qui vient de téléphoner pour une urgence et qui arrive d'une minute à l'autre. Pas question que je le fasse attendre.

— Madame Silvia, ne vous en faites pas ! Ce monseigneur, c'est un chrétien comme nous si je ne me trompe alors, comme nous tous, eh bien il attendra.

— Vous dites n'importe quoi, c'est impossible !

— Ah oui, alors d'après lui et semble-t-il d'après vous aussi, le seul fait qu'il porte une jupe rend ce monseigneur plus important que nous ? Mais ne me faites pas rire ! Moi aussi je porte une jupe et quand je dois attendre, eh bien j'attends, où est le problème ? Ah ces curés ! Ils se croient toujours tout permis.

Après s'être débarrasée de la secrétaire et avoir lancé sa pique anticléricale quotidienne – bien qu'elle aille tous les dimanches à la messe –, Carmela reprit sa litanie tout en secouant rageusement le tapis de la salle de bains. Et dire qu'ils s'étaient mis d'accord sur les repas de la semaine par téléphone, car n'ayant prévu aucune sortie, le médecin aurait dîné à la maison, seul.

Seul comme un chien, pensa-t-elle. Et quels menus ! Car en toute modestie, elle, Carmela

Scognamiglio veuve Becchimanzi, elle s'y connaissait en cuisine aux dires de Gennaro, feu son mari qui pourtant était un râleur-né! Ce n'était pas un cadeau! «Si je pouvais renaître, pas question de me marier même si c'est le prince charmant qui vient me le demander sur son beau cheval blanc!», jurait-elle à ses amies et à ses proches, mais pas aux proches du défunt bien sûr.

Elle se rappela le détail des menus choisis avec la plus grande attention car le professeur était un fin gourmet. Lundi: parmigiana d'aubergines. Mardi: quelques courgettes à la scapece, assaisonnées avec du vinaigre et de la menthe, accompagnant son plat de pâtes froides préféré: des tubetti avec de l'huile, de l'ail, des tomates cerises et un nuage de chapelure. Mercredi: pizza de scarole comme nous savons si bien la faire à Naples. Jeudi: poivrons farcis au four. Vendredi, comme il faut bien sûr faire maigre, des calamars: des polipetti alla Luciana. Elle avait son poissonnier de confiance au marché couvert de Via Andrea Doria, le dernier étal sur la gauche, qui les mettait toujours de côté... en les agrémentant de quelques galanteries! Samedi: gratin de légumes avec les délicieuses petites mozzarelline d'Aversa. En fin de compte, se dit la veuve Becchimanzi, ces mets étaient un don du ciel, comme si on allait dîner chez Ciro à Santa Brigida à Naples, mais sans avoir à payer une note exorbitante. Et pourtant, le professeur n'y avait pas touché, il n'avait pris aucun repas à la maison! Mais il y avait dormi, ça oui, et d'un sommeil agité d'ailleurs, vu l'état des draps! En dépit de ses jérémiades, Carmela était inquiète car elle l'aimait beaucoup. Cela faisait bientôt douze ans, depuis le départ de sa femme, qu'elle s'occupait de son ménage et de ses repas. Soit il est malade, soit il a eu un problème qui lui a coupé l'appétit! Ou bien, il se pourrait qu'il ait décidé de faire pénitence, se limitant à prendre un petit en-cas à midi à côté de son cabinet en sautant le dîner. Ça se pourrait, avec tous ces curés autour de lui! Tout de même, il aurait pu lui en toucher un mot en lui disant par exemple: « Carmela, je suis désolé, je regrette! » Que diable! Oui, il lui était sûrement arrivé quelque chose.

Elle ne croyait pas si bien dire car quelque chose s'était vraiment passé en début de semaine. Le piège s'était refermé sur Gregorio Cesi dans le bar du quartier du Borgo, à côté du Vatican, où il se rendait tous les matins à 7 h 30 pour prendre son petit déjeuner. Un endroit propre et discret, l'un des rares cafés de la ville à avoir conservé son comptoir et ses petites tables en marbre du siècle dernier. Tout le monde connaissait cet élégant sexagénaire en costume gris à qui on n'osait pas adresser la parole car il se barricadait ostensiblement derrière son journal grand ouvert, en général le quotidien de Rome *Il Messaggero*.

Il n'y avait que le patron qui essayait de le divertir en causant football, le seul sujet qu'il maîtrisait, mais qui était à mille lieues des intérêts de Cesi.

Ce dernier se limitait alors à acquiescer poliment d'un air distrait par un léger clignement de ses yeux verts qui ressortaient de son visage plutôt quelconque. Monsieur Renato ne se décourageait pourtant pas : il aurait tellement aimé pouvoir échanger quelques mots avec ce client qui n'était autre que le médecin personnel du pape, la fierté de son bar ! Il s'agissait plus précisément de l'archiatre pontifical, le médecin en chef, titre solennel qui désigna dès l'Antiquité tardive toute personne qui pratiquait l'art de la médecine à Rome et à Constantinople, devenant par la suite, au Moyen Âge, le titre exclusif du médecin personnel du Saint-Père. Ces derniers temps, on préféra abandonner le terme pompeux d'archiatre qui évoquait le modèle désuet d'une cour de la Renaissance. Au grand déplaisir d'ailleurs du prédécesseur de Gregorio, un homme qui se prétendait moderne et progressiste alors qu'il était en réalité vaniteux et avide de compliments. C'est ainsi que, lorsqu'il quitta ses fonctions après avoir servi pendant trente ans sous deux papes, on lui conféra le titre d'archiatre émérite, créé spécialement pour lui dans un pur esprit curial. Il arrivait que l'on s'adresse malicieusement à Gregorio en l'appelant « archiatre » : une sorte d'ironie bienveillante qui, somme toute, ne lui déplaisait pas du tout. Évidemment, monsieur Renato ne savait rien de tout ça, il aspirait simplement à afficher un brin d'intimité avec cet illustre client.

Ce matin-là, Gregorio était encore plus distant qu'à l'ordinaire. À vrai dire, il connaissait exactement la raison pour laquelle il se sentait troublé au point de commander un double expresso au lieu de son cappuccino habituel. Il avait dîné la veille chez un cardinal à la retraite sur la colline du Vatican, du côté nord de la basilique Saint-Pierre. Comme de coutume, son hôte lui avait servi un excellent vin et avec le dessert, un exceptionnel porto millésimé dont il s'était copieusement servi ne fût-ce que pour raviver un peu une conversation qui n'avait été intéressante que jusqu'au risotto aux asperges. Il allait souper régulièrement chez les hauts prélats de l'Église, qui étaient souvent ses patients, pas vraiment par amitié mais plutôt par habitude, un peu comme tout ce qu'il faisait dans la vie et qui lui convenait : bonne nourriture, religieuses serviables, conversation centrée sur le microcosme du Vatican, sur le thème – toujours le même – des promotions.

Il lui était aisé de participer à ces dîners puisqu'il habitait à deux pas du Vatican. Il avait en effet refusé l'immense logement de fonction du palais San Carlo, situé juste derrière la basilique : beaucoup trop grand pour lui et sa nonchalance légendaire ne lui aurait jamais permis d'affronter la fatigue d'un déménagement. Il valait beaucoup mieux qu'il continue à vivre dans son petit appartement avec terrasse du Borgo, élégant et rempli de livres, quasiment adossé aux murs du Vatican ; celui-ci n'avait bien sûr rien à voir avec l'appartement dans lequel il était né au cœur d'un des vieux quartiers de la ville datant du XVe siècle, qui appartenait à sa famille restée, comme d'autres familles, fidèle au pape après la prise de Rome en 1870. En effet, les Cesi appartenaient à la noblesse noire, ces aristocrates qui prirent le deuil lorsque le pape fut privé de son pouvoir temporel et donnèrent une grande partie de leurs biens au « prisonnier blanc » du Vatican. Pour Gregorio, c'était de l'histoire ancienne dont il ne se souvenait que des grandes lignes – les gardiens de la mémoire de la famille étant plutôt ses cousins Franchi de Cavalletti – mais il était persuadé que le choix de son ancêtre Andrea de faire don au pape de la plupart de ses propriétés de famille avait été plus que juste, légitime même.

En ce matin d'avril, alors qu'il comptait sur son double café et son incontournable croissant à la confiture de griottes pour retrouver un peu de lucidité, la voix aiguë d'une femme lui fit lever les yeux. Il découvrit alors une créature superbe qui gesticulait, parlant à haute voix à monsieur Renato, aussi agité qu'elle, dans un italien incompréhensible avec un accent français à couper au couteau en roulant voluptueusement les « r ». Ses yeux très bleus ressortaient dans un visage encadré de longues boucles châtain clair qui lui couvraient les épaules. Elle était grande et mince mais bien en chair et portait un jean moulant, un T-shirt blanc et des baskets de la même couleur. Quel âge pouvait-elle avoir ? 35 ou 40 ans, pas plus !

Gregorio avait toujours aimé les femmes mais, à sa manière. C'était à elles de faire le premier pas et alors il ne se dérobait certainement pas. C'est ce qui s'était passé avec Anne-Marie, une ravissante Française qui avait débarqué en Italie avec une bourse d'études supérieures et l'avait vite séduit et épousé. Ils avaient vécu de très belles années, il avait été heureux jusqu'au décès d'Anne-Marie, victime d'une maladie soudaine et incurable.

Et voilà que l'accent français de la jeune femme réveillait en lui des souvenirs qu'il avait depuis longtemps refoulés pour préserver sa sérénité. Il s'approcha pour comprendre ce qu'elle demandait avec tant d'insistance. Elle voulait des renseignements sur les horaires de visite de Saint-Pierre. Le malheureux lui répondit dans son français, lui fournissant toutes sortes d'informations même celles qu'elle n'avait pas demandées.

2

Il y a ceux qui tremblaient et ceux qui complotaient à l'intérieur et à l'extérieur des murs du Vatican. La décision du nouveau pape Ignace venu du Guatemala d'entreprendre une réforme radicale de l'Institut pour les œuvres de religion (IOR), la controversée banque du Vatican semait la peur et la colère. La désignation du nouveau président, Guido Patrizi Storti, contribua à semer la panique ; il était bien déterminé à aller au bout de la mission que le pape lui avait confiée, stimulé, voire contraint par les nouvelles règles en matière de lutte contre le blanchiment d'argent.

Pas moyen de le discréditer : fervent catholique, il menait une vie monotone à la limite de l'ennui et il était donc impossible de le compromettre par un quelconque scandale sexuel. Dépourvu de tout goût de luxe, il menait une vie austère avec son épouse et ses filles étudiantes. Au point qu'en dépit d'un évident confort financier, ces dernières, dirigées par une mère inflexible, se chargeaient elles-mêmes des travaux ménagers sans l'aide de domestiques.

Les puissants doyens de la curie qui détenaient les leviers du pouvoir étaient prudents, conscients que la question de l'IOR était bien trop sensible et délicate pour être traitée avec la froide détermination affichée par le pape : son prétendu grand nettoyage deviendrait un bouleversement inconcevable. L'enchevêtrement des liens entre l'Église et les pouvoirs occultes de l'IOR qui s'en servaient aussi pour recycler de l'argent sale était depuis toujours inextricable. Cet argent avait parfois été versé à des fins tout à fait honorables comme par exemple les dons destinés à soutenir l'opposition polonaise au régime communiste, opposition qui déclencha ainsi le séisme précédant la chute du mur de Berlin.

Les membres de la curie, atterrés, se demandaient quelle aurait pu être la réaction des fidèles s'ils avaient appris que depuis des dizaines d'années, l'IOR blanchissait l'argent que la mafia et d'autres organisations criminelles tiraient du marché de la drogue, de la prostitution et du trafic des migrants : le risque de répercussions pour l'Église et pour eux-mêmes serait épouvantable. Il était nécessaire, vital même, de s'opposer par tous les moyens à ce « nettoyage ».

Par conséquent, pas question de laisser faire le pape Ignace, s'affolaient les cardinaux ayant certainement tous quelque cadavre dans le placard ! Ils se mirent alors à chercher qui de leurs amis « du dehors », redevables d'innombrables faveurs et désireux de les entretenir, aurait pu se charger de prendre les choses en main. Il n'y avait que l'embarras du choix : entre le milieu des affaires, financier ou politique au-dessus de tout soupçon, les frères des loges manœuvrant toujours entre légalité et illégalité, les membres des services secrets souvent utilisés pour avantager des politiciens qui un jour pourraient leur renvoyer l'ascenseur... Il n'y avait vraiment que l'embarras du choix. Il fallait simplement donner le feu vert. Pour ce faire, un redoutable petit groupe bien soudé se préparait déjà à agir.

3

La belle Française parlait d'une voix chantante: «Je m'appelle Chantal, Chantal Dubois», dit-elle en souriant tout en acceptant le café que Gregorio lui offrait, alors que lui en consommait pour la première fois de sa vie un second. Au cours de ses vacances romaines, elle voulait finalement prendre le temps de visiter à fond Saint-Pierre, c'est pourquoi elle logeait tout à côté, à l'hôtel Bramante, vicolo delle Palline. Craignant les longues queues, elle comptait sortir tôt le matin pour visiter les musées du Vatican et la basilique. Chercheuse en histoire de la musique à Paris, elle espérait trouver la tombe d'un musicien allemand pratiquement inconnu sur qui elle était en train d'écrire un essai. Mais elle savait que, malheureusement, l'accès au cimetière teutonique était difficile et nécessitait une autorisation spéciale.

— Ce n'est pas si difficile que ça, je pense pouvoir vous aider, dit Gregorio, étonné de s'entendre prononcer ces mots.

— Vraiment, vous feriez ça pour moi?

— Mais bien sûr, je serais ravi de pouvoir vous être utile.

Il pensa : une femme cultivée, sensible, passionnée d'art et de musique… Lui aussi était fasciné par l'art qui avait été sa matière préférée au lycée grâce à son enseignante madame Vinci, une brave dame cultivée et sympathique qui écrivait sous un pseudonyme des romans à l'eau de rose. Un camarade de classe dont le père travaillait dans la maison d'édition lui avait révélé que ces romans se vendaient comme des petits pains chez les marchands de journaux.

Pourtant, cela faisait bien longtemps, trop longtemps même qu'il n'allait ni voir une exposition ni écouter un concert, en fait depuis qu'il était veuf. Parler à nouveau en français avec la charmante jeune femme le faisait frissonner de plaisir, c'était peut-être le souvenir d'Anne-Marie. Car après son décès, les voyages, les fous rires, les concerts et les longues et épuisantes baignades dans la mer de Tropea, tout ça appartenait au passé.

— Mais, si vous êtes libre cet après-midi, je pourrais vous retrouver à 18 heures devant la porte du Petriano, seriez-vous d'accord ?

— Très volontiers, merci, je suis libre bien sûr… Mais je ne sais pas où se trouve le Petriano.

— C'est très facile : entre le palais du Saint-Office et le côté sud de la place Saint-Pierre, ne vous inquiétez pas, n'importe qui peut vous l'indiquer.

Ce matin-là, Gregorio arriva très en retard à son cabinet à cause de son arrêt hors programme au bar et de la visite de contrôle du pape plus longue que prévue. Le regard pétillant, il entra d'un pas inhabituellement vif, ce qui n'échappa pas à sa secrétaire qui, le connaissant bien, trouva ça louche. Silvia Prinetti qui travaillait pour lui depuis bientôt vingt ans gouvernait sa vie, gérant tous ses problèmes professionnels et personnels ; elle le considérait donc comme sa chose et le menait par le bout du nez. Quant à lui, il se gardait bien de lui résister vu que le dirigisme de Silvia lui procurait plus d'avantages que de désagréments. D'un naturel indécis, partisan du moindre effort, sauf lorsqu'il s'agissait de ses patients, il avait pour principe de remettre les choses à plus tard. Et les rares fois où il s'est senti d'attaque, il laissait entendre qu'un jour, qui sait, il pourrait peut-être agir !

En l'occurrence, sa secrétaire l'avait harcelé pendant des mois pour le convaincre que son cabinet, lieu de travail d'un praticien respectable, qui plus est médecin du pape, avait besoin d'être rénové : il fallait rafraîchir la peinture des murs qui de blancs avaient tourné au gris et changer les châssis fissurés des fenêtres. Et que dire des lourds et sombres meubles que sa tante la comtesse Hortense lui avait laissés en héritage, à lui, son seul neveu mâle, avec toutefois un portefeuille d'actions, d'obligations et de bons du Trésor bien fourni ? « N'était-il pas honteux d'obliger les patients à s'asseoir sur ces banquettes rigides recouvertes d'un velours décoloré, avec un dossier dur comme la pierre ? », ne cessait de protester Silvia. « Sans parler des petites tables basses en faux style Empire et du bureau noir, encombrant, qui ressemblait à celui d'un vieux notaire de campagne… » Gregorio faisait la sourde oreille, moins pour des raisons financières car il avait les moyens, mais plutôt horrifié à l'idée de l'inévitable remue-ménage ! « Remettons ça après l'été, on verra à mon retour », déclara-t-il avant son départ pour ses vacances habituelles à l'Alpe de Siusi. Il y allait depuis des années avec trois vieux amis du temps de l'université – de sympathiques célibataires grisonnants – qu'il avait revus après le décès d'Anne-Marie.

Silvia passa à l'action dès qu'il fut monté dans son wagon-lit. Elle fit démarrer l'opération qu'elle préparait depuis quelques temps en passant des coups de fil aux tapissiers, aux artisans et à la petite entreprise qui l'avait aidée à rénover son appartement. À son retour, lorsque Gregorio pénétra dans son bureau, il recula d'un bond, comme dans une scène de film, croyant s'être trompé d'appartement bien que tenant en main les clés avec lesquelles il avait ouvert la porte. Les murs étaient repeints en une chaude nuance de blanc cassé, l'encadrement des fenêtres remis à neuf, les vieux meubles de sa tante avaient disparu laissant place à deux grands canapés couverts d'un tissu en coton à grosses rayures bleues et blanches, à trois petits fauteuils en cuir brun et à un élégant bureau en acier et bois clair assorti à trois petites tables basses dénichées chez Ikea. Bref, on aurait vraiment dit un autre bureau, transformé par Silvia, très fière d'avoir su limiter les dépenses. Gregorio ne voulut pas connaître les détails et lui signa un chèque, bien content d'avoir pu éviter les dilemmes et désagréments des travaux.

Bien entendu, après la mort d'Anne-Marie, Silvia avait quelque espoir : car au fond elle était assez jolie, un peu plus jeune que Gregorio, séparée et sans enfants. Mais pour lui, enfermé dans son égoïste solitude de veuf, son entreprenante secrétaire faisait quasiment partie du décor. Elle en souffrait mais se consolait en pensant qu'au moins, il n'y avait pas d'autres femmes à l'horizon.

En définitive, la seule femme qu'il fréquentait était sa sœur Irène, célibataire, qui ne plaisait pas vraiment à Silvia. Professeur de philosophie du droit très appréciée, Irène Cesi avait à son actif de nombreuses publications. Elle était peu encline à reconnaître à Silvia le rôle de médiatrice que celle-ci revendiquait, entre son frère et le reste de l'univers. En plus, Irène, toute catholique pratiquante qu'elle était, lui semblait trop désinvolte, libre et épanouie, grâce – se disait Silvia, jalouse – à ses fréquents séjours en Irlande et à la fréquentation d'un collègue irlandais, philosophe du droit lui aussi, qui séjournait souvent en Italie, Alistair Mc Dormand. Il arrivait à Silvia d'évoquer la vie privée d'Irène en parlant à Gregorio, mais lui faisait systématiquement la sourde oreille. Et pourtant, il dînait avec Alistair Mc Dormand et sa sœur au moins deux fois par semaine lorsque celui-ci était en Italie. Ce que Silvia savait puisqu'elle gérait son agenda professionnel et privé.

Lorsque Gregorio lui demanda d'annuler tous ses rendez-vous de l'après-midi à partir de 16 h 30 parce qu'il avait à faire, sans lui dire de quoi il s'agissait, elle comprit qu'il y avait anguille sous roche : Irène se trouvait à Padoue pour une conférence, donc ce n'était pas avec elle qu'il avait un engagement et il ne fréquentait les dignitaires de l'Église que le soir.

4

AVANT son rendez-vous avec la charmante Française, Gregorio se précipita chez lui pour changer de chemise. Au lieu du blanc insignifiant du matin, il opta pour du bleu ciel et pour une cravate bleu marine avec des petits motifs rouge qu'Irène lui avait offert et qui lui avait toujours semblée trop criarde ; il s'étonna de sa subite coquetterie.

Chantal, elle aussi, avait changé de tenue : elle avait troqué pantalon, T-shirt et baskets pour un petit tailleur couleur lavande et des escarpins à haut talon mettant en valeur ses jambes magnifiques. Devant la porte du Petriano se trouvaient les gardes suisses qui portaient l'impeccable uniforme bleu des jours de semaine, comme Gregorio raconta avec force détails à Chantal qui écoutait en écarquillant ses grands yeux bleus. Après avoir dépassé les gendarmes du Vatican (« Bonsoir, docteur », avaient-ils respectueusement prononcé, remarqua-t-elle), ils purent finalement commencer seuls la visite au petit cimetière teutonique. Gregorio abonda en explications pour ne s'interrompre que devant l'émotion de Chantal lorsqu'ils finirent par trouver la tombe du musicien. Une telle sensibilité ne manqua pas de le charmer.

Il était déjà 20 heures lorsqu'ils sortirent du Vatican : il avait passé un après-midi inoubliable avec une femme séduisante et cultivée qui n'avait cessé de lui poser des questions ; il avait pu exhiber son savoir, ce qui ne lui était pas arrivé depuis bien longtemps.

— Docteur Cesi, je ne sais vraiment pas comment vous remercier... Je pourrais peut-être vous inviter à dîner avec votre épouse ce soir ou demain ou quand vous voulez ?

— À vrai dire... Ma femme n'est pas là.

— Elle n'est pas à Rome ? À son retour alors ?

— Non, vous savez... En fait, je suis veuf.

— Je suis vraiment désolée, je ne voulais pas vous troubler.

— Non, ne vous en faites pas, permettez-moi plutôt de vous inviter à dîner ; nous pourrions aller chez Piperno, au Ghetto, un endroit qui me plaît beaucoup et que vous ne connaissez peut-être pas.

Au cours du dîner, elle lui parla de sa vie à Paris et des petits contrats de recherche dont elle vivait. Ils bavardèrent de tout et de rien mais surtout des visites que les relations de Gregorio pourraient faciliter : visites de la nécropole papale sous la basilique, et visites privées des musées du Vatican puisqu'il connaissait bien le directeur qu'il appellerait dès le lendemain. Ils pourraient aussi aller voir près du parking souterrain de la nécropole de Santa Rosa, à proximité de la piazza del Risorgimento, les travaux de fouille qui avaient dégagé les tombes situées le long de la voie Triumphalis dans la zone industrielle de la cité du Vatican… Gregorio tentait de l'impressionner en faisant la liste de tout ce qu'il pourrait organiser, un peu honteux tout de même en pensant à toutes les fois qu'il avait refusé à sa sœur de lui obtenir des visites privées.

Chantal sembla bluffée et pendant que Gregorio la raccompagnait à son hôtel, elle lui demanda mine de rien où il habitait. Il lui répondit qu'une de ses fenêtres donnait sur la coupole de Saint-Pierre.

— Vous en avez de la chance ! J'en rêverais de cette vue !

— Voulez-vous la voir ? susurra-t-il.

— Non, pas ce soir.

Le soir suivant, après avoir dîné sur la terrasse de l'hôtel de Russie avec vue sur la piazza del Popolo, Chantal put constater que la merveilleuse fenêtre qui encadrait la coupole de Saint-Pierre était celle de la chambre à coucher. Pour mieux jouir de la vue, elle s'allongea sur le lit en se libérant de ses escarpins à talon aiguille et ce fut pour Gregorio le début de la fin. Suivit une nuit de passion pure telle qu'il n'en avait jamais connu. Elle s'abandonna, généreuse et plutôt experte, sans toutefois se livrer totalement : « Je ne prends aucune précaution, c'est contraire à mon éducation religieuse », déclara-t-elle avec pudeur ce qui le séduit encore plus. C'est une femme adorable, pensa-t-il, spontanée comme une jeune fille même si elle avoua, coquette, avoir déjà 42 ans, quasiment une enfant qui ne faisait pas son âge !

5

À LA fin du coup de fil, Cesare Rigamonti ne put réprimer un sourire; il balaya du regard l'immense salon du dernier étage de la grande tour du quartier des affaires de l'EUR[1], avant de contempler au loin le soleil de cette tiède matinée romaine: un miracle pour lui qui devait trop souvent se contenter de la grisaille milanaise. Puis les mains posées sur le rebord du bureau, il écarta lentement les doigts avec un soupir de satisfaction en se redressant contre le dossier de l'imposant fauteuil ergonomique.

— Si tu étais un chat, on pourrait t'entendre ronronner, lui déclara Filiberto Gualandri lissant ses cheveux noirs en respectant minutieusement la raie du côté gauche. Bon, maintenant, dis-moi clairement si elle a réussi.

— Et comment! Pratiquement du premier coup!

— Bon sang, tu es sérieux?

1. Esposizione Universale di Roma.

— Pourquoi, tu avais des doutes ? Ce sont des gens du métier, des professionnels. Évidemment, c'est un peu cher, mais il fallait y mettre le prix pour être sûr de réussir... Mais toi continue à faire pression sur les tiens, on doit être couverts de tous les côtés et il est crucial que nous soyons informés de tout.

— Ne t'en fais pas, en plus ce soir je rencontre le vénérable Maître.

— En fait, ce qui me tranquillise, c'est qu'ils sont quasiment tous avec nous. Tous contre ce fou arrivé à l'improviste de l'autre bout du monde qui prétend flanquer tout en l'air. Le Maître aussi pense qu'il n'y a pas une minute à perdre, qu'il faut agir vite.

— Est-on vraiment sûrs que notre cardinal soit prêt à se compromettre à ce point-là ? Ça me semble assez imprudent.

— Oui et non... Enfin pas au grand jour... Il va de soi que lui restera dans l'ombre, il ne peut pas faire autrement, c'est pour cela qu'il a placé La Manna en première ligne... Tu penses bien que jamais La Manna n'aurait pris l'initiative de s'embarquer avec nous dans une affaire de ce genre ! C'est le cardinal qui lui a permis d'obtenir le poste et il lui obéit aveuglément. Bien entendu, jamais monsieur Amilcare La Manna, ancien carabinier, ancien fonctionnaire des services secrets, n'aurait rêvé de pouvoir devenir chef de la gendarmerie vaticane. D'ailleurs, ils se connaissent depuis toujours car ils viennent du même village donc : obéissance absolue, prêt à s'exposer, un véritable homme de paille.

Ces deux-là, l'affairiste et le financier, quoique bien introduits à la curie, n'avaient jamais osé préméditer un tel acte criminel, en visant aussi haut. Ils optaient en général pour le chantage, mais là, ça ne suffisait plus. D'ici quelques mois, il y aurait un consistoire et le pape allait certainement nommer des cardinaux qui lui étaient fidèles. Le vrai danger était que l'un d'eux puisse un jour le remplacer. Il fallait sauter sur l'occasion : s'il arrivait quelque chose d'irréparable au pape, le conclave resterait entre les mains d'hommes à eux, qui, ayant tous des péchés cachés sous leurs ornements épiscopaux, étaient faciles à manipuler et à faire chanter.

6

DÉSORMAIS, Gregorio passait avec Chantal tous ses moments de liberté, hormis quelques consultations à son cabinet avec des patients ou les fréquentes visites au souverain pontife. Il ne lui mentionna toutefois pas cette charge importante, non pas tant par souci de ne pas mélanger « le sacré et le profane », mais plutôt à cause d'une résistance innée à trop parler de lui-même. Le rôle de médecin personnel du pape était trop délicat et avait d'importantes implications : il en aurait sans doute parlé plus tard lorsque leur relation l'exigerait. Dans l'immédiat, il s'en tenait à évoquer d'importants liens d'amitié au Vatican, provenant de son père.

Une après-midi, Chantal voulut lui faire une surprise et vint le chercher à son cabinet. La rencontre avec Silvia fut alors inévitable ainsi que les présentations : « Madame Dubois, une de mes connaissances qui enseigne l'histoire de la musique et qui est de passage à Rome avant son retour à Paris », dit-il rapidement le regard dans le vide au-dessus de la tête de Silvia. Il va sans dire que cette dernière, possessive, détesta la visiteuse : trop belle, un pantalon gris trop moulant et un chemisier en chiffon bleu qui se déboutonnait à la hauteur de la poitrine et qu'elle reboutonnait sans cesse attirant ainsi l'attention. Les soupçons de Silvia furent alors confirmés, ainsi que ceux de Carmela qui, de manière fortuite, lui vint en aide. Elle était curieuse d'en savoir plus mais ne pouvait prendre la liberté de téléphoner à Silvia pour lui demander clairement si Gregorio avait une liaison. Il lui fallait un prétexte. L'ayant trouvé, elle appela immédiatement Silvia.

— Madame Silvia, quelle chance que vous soyez là, j'ai un gros problème, pourriez-vous m'aider ?

— Bien sûr, Carmela, pas de souci.

— Voilà ce qui m'arrive : je ne retrouve plus les clés du docteur ; elles doivent être dans mon vieux sac que j'ai laissé dimanche à Naples en prenant le nouveau sac que ma sœur m'a offert pour mon anniversaire.

— Ne vous en faites pas, il y a un double de clés ici au bureau. Essayez de venir tout de suite parce que j'allais sortir.

— Je ne voulais pas vous déranger.

— Vous ne me dérangez pas, le docteur n'est pas là et nous n'avons aucune visite de prévue.

En arrivant, Carmela réalisa que la secrétaire espérait elle aussi en savoir plus.

— Comment va le docteur ? Comment le trouvez-vous en ce moment ? Parce que, pour ne rien vous cacher, je commence à m'inquiéter.

— Aucune idée étant donné que je ne le vois jamais; quand j'arrive il est déjà sorti et nous ne nous parlons qu'au téléphone des choses dont il a besoin.

— Et quelle impression avez-vous?

— À dire vrai, ce n'est pas facile à comprendre au téléphone. Mais pour commencer, je remarque qu'il ne me demande plus de cuisiner et vous savez comme moi combien il est gourmand! En revanche, il insiste pour qu'il y ait toujours au réfrigérateur du champagne et des fraises, beaucoup de fraises, même. D'ailleurs à mon avis, il risque une crise d'urticaire!

— Mais au moins il dort à la maison, non?

— Oui, ça toujours, mais...

— Mais...?

— Eh bien, comment dire... Le lit n'est plus pareil.

— Il a acheté un nouveau lit? s'étonna Silvia.

— Différent.

— Comment ça différent?

— Avant, on aurait dit que c'était un cadavre qui y couchait, mais maintenant le lit est très... disons, en chantier.

— C'est-à-dire?

— Les draps, madame Silvia... Comprenez-moi: ils sont tout chiffonnés.

— Tout quoi?

— Oui, tout froissés, en désordre... Bref, vous saisissez?

L'intuition de Silvia devint alors une certitude. Surtout lorsque la semaine suivante, Gregorio devant assister à un congrès de cardiologie à Paris, elle lui demanda quel hôtel elle devait lui réserver et pour combien de nuits, il répondit évasivement qu'il s'en occuperait tout seul. Alors qu'il ne s'était jamais occupé de rien même pas d'acheter des tickets de bus !

Cela ne faisait plus aucun doute et il y avait vraiment de quoi s'inquiéter ! À part sa jalousie, car c'était bien de cela qu'il s'agissait, elle aurait aimé pouvoir en discuter avec quelqu'un. En parler à Irène n'était pas une bonne idée car la sœur de Gregorio, polie mais plutôt froide, ne suscitait pas ce genre de confidences. Il fallait pourtant la prévenir. Alors Silvia commença à se creuser la tête : comment s'y prendre sans avoir l'air de comploter ?

Par chance, ce fut Gregorio lui-même qui parla de Chantal à sa sœur lorsqu'elle revint d'Irlande. Elle fut heureuse d'apprendre que ce frère si mélancolique et solitaire avait finalement trouvé une compagne qui lui plaisait, qu'il décrivit jolie et amoureuse et surtout partageant ses goûts.

Avant de rejoindre Chantal qui l'avait précédé d'une dizaine de jours à Paris ayant des obligations à l'université, Gregorio tenta de se ressaisir après le bouleversement des semaines qu'ils avaient passées ensemble, merveilleuses mais déstabilisantes. Il avait besoin de ressentir moins d'émotions, d'un moment de répit en retrouvant pendant quelques jours sa vieille routine faite de consultations au cabinet, de dîners avec les prélats, de conversations avec le pape. Certes, pour tous, ce pape était une énigme, sans doute parce qu'il venait de si loin... En outre, c'était un franciscain qui avait bizarrement opté pour le nom du fondateur des Jésuites. Au Vatican, nombreux étaient ceux qui, comme lui, ne savaient pas si Ignace était proche des conservateurs ou plutôt des réformateurs, bien que ses interventions fassent plutôt pencher pour la seconde hypothèse. Ce qui le déroutait particulièrement, c'est que le pape semblait totalement ignorer la complexité de la curie romaine ou feignait de l'ignorer, sans doute pour avoir plus de liberté de manœuvre.

7

De retour à Rome, il sentit que le moment était venu de rendre officielle la présence de Chantal à ses côtés, mettant fin aux commérages car plusieurs de ses connaissances les avaient souvent rencontrés dînant au restaurant. Il tenait en particulier à la présenter à deux monseigneurs avec qui il avait des rapports amicaux plus étroits et passait souvent d'agréables soirées. L'un était Sicilien et l'autre Vénitien, ils ne se quittaient pas d'une semelle tels deux carabiniers[1], ce qui était souvent motif de plaisanterie. Le Sicilien était pompeux et tatillon, imprégné de ce que Sciascia appelait la « sicilianité ». Le Vénitien en revanche était chaleureux, exubérant et apparemment moins cérémonieux. Ils aimaient tous deux se balader dans les environs de Rome ou en Ombrie ; ils adoraient la bonne cuisine et les potins du Vatican, surtout ceux concernant les nouvelles nominations ou les travers des membres de la curie. Ces deux biblistes

1. En Italie, les carabiniers se déplacent toujours deux par deux.

venaient de rentrer d'une mission d'étude de deux mois en Terre sainte et ils n'avaient donc pas du tout entendu parler de Chantal.

Elle avait prolongé son séjour à Paris pour s'occuper de son vieux père malade. Dès son retour, Gregorio organisa un dîner chez lui pour la présenter à ses deux amis. Carmela s'était remise aux fourneaux : elle mijota pour le monseigneur sicilien son célèbre gratin de pâtes au four à la sicilienne, des rouleaux d'espadon et quelques rouleaux de sardines farcies. Elle avait opté pour des plats siciliens pour bien souligner que ses talents culinaires ne se limitaient pas à la cuisine napolitaine. Ils furent immédiatement conquis par Chantal, si soumise et réservée – ce n'est qu'ainsi que les deux religieux concevaient les femmes, lorsqu'ils remarquaient leur présence – et, de plus, passionnée de musique sacrée ! Ils multiplièrent les invitations pour assister à des messes chantées assez sophistiquées ou pour écouter les offices des vêpres en chant grégorien. Ils ne manquèrent pas de noter et d'apprécier que cette ravissante jeune femme avait choisi de loger dans une résidence religieuse. En y faisant négligemment allusion, elle se présentait comme une femme certes élégante et séduisante, mais à la moralité irréprochable.

Quant à Irène, lorsqu'elle rencontra Chantal, elle était encore sous l'influence des descriptions enthousiastes et positives de Gregorio. Il lui parut certes assez curieux qu'une belle femme de cet âge fasse preuve d'une telle modestie et d'une telle adoration pour son frère. Peut-être bien que Chantal, connaissant les hommes, savait qu'ils ont toujours besoin d'être flattés, pensa-t-elle. Irène décida cependant d'être vigilante et le cas échéant méfiante : il n'y a qu'une femme pour en comprendre une autre.

Elle fut aidée en cela par la rencontre fortuite avec la secrétaire de son frère dans le supermarché du Vatican. Elles y allaient toutes deux faire leurs courses grâce à la carte que Gregorio leur avait procurée. Silvia lui parla à cœur ouvert pendant une vingtaine de minutes. Elle était jalouse et possessive, cela Irène le savait bien, mais elle évoqua toutefois des faits bien concrets : ces deux-là avaient commencé à vivre ensemble dès leur deuxième rencontre, la gouvernante de Gregorio lui en avait fourni des preuves tangibles.

En définitive, son frère si paresseux et raisonnable avait complètement perdu la tête, sans se soucier le moins du monde de sauver les apparences. Peut-être bien que la Française voulait se faire épouser, et la proie était manifestement fortunée. Donc se caser puis éventuellement le tromper, mais dans tous les cas se faire richement entretenir. En fin de compte, à 40 ans, elle n'avait pas de métier et vivait de vagues petits emplois temporaires de musicologue. De plus, on ne savait presque rien d'elle.

Irène prit donc la décision de parler à Gregorio pour tenter d'y voir un peu plus clair, ce qui n'était cependant pas évident car Chantal ne le quittait pas d'une semelle, sauf durant ses consultations. Mais un matin, elle réalisa que ça devenait urgent : alors qu'elle passait devant l'immeuble de son frère pour rendre visite à une de ses amies, elle entendit les éclats de voix stridents d'une violente altercation entre un chauffeur de taxi et la cliente, en désaccord sur le prix de la course. Mais, oh, surprise ! C'était la voix de Chantal qui s'exprimait en parfait italien (elle qui minaudait en prononçant quelques rares mots d'italien tout en s'excusant !), envoyant balader le chauffeur de taxi en utilisant des termes si grossiers qu'Irène préféra se cacher derrière une porte cochère pour éviter d'être vue.

8

LEUR conversation fut tendue : il ne voulut pas entendre raison prétendant que la scène du taxi était un mensonge d'Irène pour le mettre dans l'embarras, à moins qu'elle ne se soit trompée de personne. Quant à Silvia, elle mouchardait en racontant n'importe quoi simplement parce qu'elle était jalouse de Chantal.

— Mais comment se fait-il que toi, honnête comme tu es, tu ne te sentes pas gêné de fréquenter une femme qui s'est conduite ainsi, tempêta Irène d'un ton agressif.

— Et toi alors, n'es-tu pas aussi honnête que moi ? Alors comment se fait-il que tu ne te sentes pas gênée quand tu vas en Irlande retrouver Alistair, ou lorsque lui vient ici chez toi ? En plus, lui il est marié et il a des enfants. Et c'est toi qui me fais la morale ! Tu plaisantes, n'est-ce pas ? se défendit-il.

— Effectivement cela nous fait beaucoup souffrir.

— Eh oui, vous en souffrez mais vous continuez, et depuis des années. Au moins, Chantal et moi, nous sommes tous les deux libres et nous pourrions bien décider de régulariser notre situation.

En s'entendant dire cela, il fut étonné de ses propres mots, car l'idée du mariage ne lui avait pas encore traversé l'esprit. Il comprit alors que seul le mariage pouvait résoudre le problème et stopper les ragots. Cette idée lui plaisait autant qu'elle lui déplaisait. Ce n'est pas qu'il avait des doutes sur Chantal : elle lui semblait parfaite et physiquement, ils s'entendaient à merveille. Mais il était enclin à défendre sa vie solitaire qui, au fond, ne lui déplaisait pas et lui offrait des tas d'avantages auxquels il n'était pas prêt à renoncer dont le premier était de n'avoir jamais à se justifier. Il avait longtemps été brimé par une mère possessive, autoritaire et despotique, une mère qui, « pour son bien », se mêlait de tous les choix de ce fils unique, même les plus banals et anodins. Mais par-dessus tout une mère toujours soucieuse d'exiger qu'il ait les mêmes goûts qu'elle : si Gregorio osait afficher d'autres préférences, « je préfère la montagne », elle, qui n'aimait que la mer, y voyait de la désobéissance ou pire un manque d'affection. C'était en fin de compte une femme profondément angoissée, incapable de prendre un désaccord pour ce qu'il était réellement, c'est-à-dire une simple différence d'opinions. Voilà pourquoi Gregorio bondissait tel un pur-sang dès que quelqu'un lui demandait innocemment pourquoi il avait pris une décision au lieu d'une autre, même s'il ne s'agissait que du choix d'un appareil de télévision…

Il se disait qu'il lui aurait toujours fallu rendre des comptes même à l'épouse la plus conciliante et discrète qui soit, ne serait-ce que par politesse et pour avoir la paix. Il ne cessait de se tourmenter, bien conscient qu'il n'aurait pu espérer mieux que Chantal mais l'idée de renoncer à la solitude lui était insupportable. Certes, Chantal semblait façonnée selon ses désirs les plus secrets, ceux dont il n'était même pas conscient. D'abord, elle avait été dès le début beaucoup plus engageante que sa femme bien-aimée. Avec Anne-Marie, il y avait eu des divergences et des incompréhensions sans compter que leur entente sexuelle avait nécessité un rodage assez long et laborieux.

En revanche, avec Chantal, tout semblait magique. Mais il continuait à s'interroger: comment pourrait se dérouler leur vie de tous les jours, sauraient-ils partager leurs goûts et leurs habitudes? À Paris, il avait logé chez elle: il avait été déconcerté par le petit appartement anonyme et modeste, aménagé de façon banale et ordinaire, sans aucun rapport avec le style élégant et raffiné de Chantal. Il n'y avait que très peu de livres, et assez inintéressants, ce qui était curieux pour une personne qui consacrait sa vie aux études et aux passe-temps intellectuels.

Bref, il pesait le pour et le contre. Cette alternance de sensations et de sentiments le troublait car il savait qu'il ne voulait pas renoncer à Chantal… Il en oublia où il se trouvait ; alors Irène le tira par la manche :

— Mais où as-tu la tête ? Tu ne m'écoutes même pas ! Tu as la tête ailleurs et tu me laisses parler dans le vide !

— Mais non, excuse-moi, je ne sais pas ce qui m'a pris, c'est peut-être notre conversation si tendue… Je t'en prie, on arrête là et on parle d'autre chose, au moins pour aujourd'hui.

C'est ce qu'ils firent, tous deux un peu gênés, Irène mal placée pour lui faire la morale et Gregorio peu enclin à l'introspection ; ils choisirent de dévier la conversation vers un sujet qui les intéressait tous les deux. En cette période, les médias ne parlaient que de scandales. On surprenait presque chaque nuit un personnage en vue en compagnie d'un transsexuel ou d'une *escort*, comme si ce qui avait été couvert ou toléré par les personnes toujours bien informées servait maintenant à compromettre les gens hauts-placés.

L'Église n'échappait pas à ce tableau affligeant. Il ne s'agissait pas seulement de quelque prêtre surpris en compagnie d'homosexuels, mais d'un flot d'accusations de pédophilie. Des accusations précises et détaillées qui traînaient dans la boue toute la hiérarchie ecclésiastique, qu'elle ait pratiqué les abus ou qu'elle les ait tolérés et couverts.

Ce dossier n'avait jamais été concrètement traité et Gregorio savait qu'il représentait l'une des principales préoccupations du pape, chaque jour plus angoissé par la tournure que prenaient les événements et par la fréquence des plaintes. Après leur pesante discussion sur Chantal, Gregorio et Irène se retrouvaient maintenant sur une même longueur d'onde : ils avaient tous deux le destin de l'Église à cœur. Ils se séparèrent ainsi, retrouvant une parfaite entente.

9

Après avoir quitté son frère, Irène s'arrêta à la station-essence de Santa Marta pour faire le plein, profitant du tarif réduit, encore un des privilèges qu'elle devait à Gregorio. Elle aperçut son amie Gabriella Forti au volant de la voiture qui la précédait. Cela faisait longtemps qu'elles ne s'étaient pas vues et elles décidèrent d'aller tout de suite dans leur café habituel du quartier de Prati. C'était une laïque consacrée, membre depuis des années du mouvement des Focolari. Elles avaient le même âge mais Gabriella avait toujours eu l'air plus jeune qu'elle, peut-être grâce à la grande sérénité qui illuminait ses traits et lui donnait un air de légèreté. Elle était toujours à l'écoute, toujours prête à compatir au sens profond du mot, c'est-à-dire à s'approprier la douleur de l'autre. Elle avait longtemps vécu dans les pays arabes en travaillant pour des organisations humanitaires et en témoignant de sa foi au cœur de ces dures réalités. Elle conservait un merveilleux souvenir de l'Algérie où elle avait passé de nombreuses années avant d'être rappelée en Italie pour accomplir une tâche de poids pour l'un des organismes du Vatican. Sa vocation, profonde et vécue avec ferveur, était de témoigner et de servir. Elle donnait parfois à Irène l'impression de vraiment regretter ses missions à l'étranger où elle jouissait de plus d'autonomie et donc de plus de liberté pour se consacrer à l'évangélisation. Même le Vatican aurait drôlement besoin d'un travail d'évangélisation, songea Irène, peut-être plus que les infidèles !

Sa mission était délicate et fondamentale mais pourtant, Gabriella était traitée comme une simple secrétaire. Les autres laïques consacrées, non moins compétentes et efficaces, subissaient le même sort : elles devaient obéir à des prélats bien moins compétents qu'elles qui n'occupaient des places importants à la direction de ces bureaux que parce qu'ils étaient prêtres. Ajoutons : des prêtres carriéristes et arrivistes ! Gabriella et les autres ne feraient jamais carrière même si le gros du travail pesait sur leurs épaules : elles étaient transparentes. Les prélats profitaient de leur dévouement et s'appropriaient sans pudeur leurs mérites.

Irène avait déjà pris place au café et feuilletait le *Corriere della Sera* lorsqu'elle vit Gabriella apparaître au loin. Elle put ainsi l'observer sans être vue et encore une fois, elle médita sur sa manière de se vêtir : veste classique de couleur claire, jupe ni trop étroite ni trop large arrivant sous le genou, chemisier en soie beige, foulard autour du cou et un grand sac à main qu'elle tenait fermement par la poignée. Somme toute, aucune faute de goût mais pourtant elle avait tout faux, songea Irène, dont l'élégance innée s'accordait toujours une petite touche d'originalité.

Le style vestimentaire de Gabriella était caractéristique des nombreuses laïques consacrées travaillant dans les bureaux du Vatican. Leur tenue convenable et pudique, dénuée d'un quelconque signe de vanité féminine, était censée les faire ressembler à toutes les autres femmes mais ne faisait en fait que souligner leur étrangeté.

— Tu m'as l'air en forme, mais pas de ton humeur habituelle, dit Irène lorsque Gabriella termina son café et son budino di riso[1], une spécialité de la maison.

— C'est vrai, rien ne t'échappe... Je sors d'une discussion avec le secrétaire du cardinal secrétaire d'État dont je t'épargne les détails, trop humiliants pour lui. En général, ça m'est égal mais là aujourd'hui, je suis d'humeur à m'apitoyer sur mon sort.

— Il ne s'agit pas d'apitoiement, je crois que tu as de bonnes raisons de te plaindre. Tu sais bien que ta patience face à ces prêtres qui profitent de votre travail et ensuite s'en vantent m'indigne profondément. Je ne me lasserai pas de te dire que tu dois réagir, vous devez toutes intervenir

1. Un gâteau de riz.

vigoureusement. Que diable, vous êtes des femmes de qualité et votre travail est inestimable !

— Bon, oui, tu as peut-être raison, j'en conviens. C'est qu'en fin de compte, je plains la mesquinerie de certains comportements, l'indigence morale qu'ils révèlent. Bref, aujourd'hui, je suis d'humeur à te donner raison.

— Pourtant, je vois bien qu'il y a quelque chose qui te tracasse.

— C'est vrai, je suis préoccupée. Nous nous sommes toutes rencontrées le 8 mars chez Mary Rowland, l'ambassadrice qui, chaleureuse et hospitalière comme toujours, a invité toutes les femmes qui travaillent au Vatican. J'ai pu discerner à travers leurs récits souvent ironiques, un profond mécontentement sur une situation dont tu me parles souvent : le fait de devoir constamment obéir à des supérieurs qui souvent en savent beaucoup moins que nous et cachent leur ignorance sous leur soutane. Car crois-moi, il s'agit réellement d'ignorance !

— Tu vois bien que j'ai raison : vous devez réagir. N'aie crainte ! Je continuerai à te le répéter à chacune de nos rencontres.

— Cependant, ce sentiment de rébellion, de haine m'inquiète un peu et, je te l'avoue, ne me ressemble guère. Même si je suis convaincue, comme toi, que l'Église a opté pour des choix discutables, et qu'elle aurait tout à gagner en donnant plus d'importance à des femmes compétentes, renonçant à les reléguer à des places subalternes dégradantes.

— Justement, c'est pour le bien de l'Église que vous devez réagir et vous battre ! Personne ne vous accordera quoi que ce soit, si vous ne l'exigez pas, avec fermeté. Tu vois, c'est comme pour la liberté : personne ne te la donne, tu dois la prendre, c'est tout. Vous avez le devoir de modifier l'état actuel des choses : on ne trouve des noms de femmes que dans les avis de décès de *L'Osservatore Romano* en tant que mères de quelque cardinal...

— Eh oui je sais, mais il coulera encore de l'eau sous les ponts avant qu'on ne reconnaisse une quelconque contribution féminine. On sait bien qu'au Vatican, la misogynie règne : c'est une manière d'être plus qu'une manière de penser. Certes, théoriquement, le pape nous appuie mais en ce moment, il est aux prises avec des problèmes plus urgents et il nous a un peu oubliées. Par ailleurs, je te laisse réfléchir à l'ampleur de la résistance qu'il rencontrerait !

— Mais, en y réfléchissant, peut-être pas ; Ignace a reçu les supérieures générales réunies à l'occasion de leur assemblée plénière et j'ai constaté qu'il ne s'est pas limité à un court sermon, comme c'était de coutume dans le passé, mais qu'il les a écoutées : ça veut bien dire quelque chose, non ?

— Et non seulement il les a écoutées mais il a aussi accueilli leur demande de relancer une réflexion sur le diaconat féminin. Tu te souviens ? Il y a quelques années la question avait été brusquement close par le préfet de la Congrégation pour la doctrine de la foi dans un document qui mettait fin à tout espoir.

— C'est vrai, mais tu sais comme moi qu'après sa rencontre avec les supérieures générales, Ignace a instauré une commission d'étude pour examiner la question du diaconat composée à moitié d'experts hommes et d'expertes femmes. C'est déjà un progrès car c'est une première pour le Vatican cette combinaison à parts égales d'hommes et de femmes.

— Ça m'a l'air bien peu de chose, car je sais comment ça va se passer : comme d'habitude, le préfet chargé de former la commission fera en sorte de la condamner à l'immobilisme, la moitié pour et la moitié contre, évidemment. Cela signifie des travaux exténuants, une épreuve de force constante sans pouvoir avancer puis le temps passera et la commission sera oubliée. De plus, si je dois être sincère, je n'approuve pas cette bataille pour le diaconat féminin. Des femmes assument déjà cette charge sans avoir besoin d'une reconnaissance dans les paroisses où il y a trop peu de curés. Vu que le diaconat est la dernière étape des séminaristes avant l'ordination sacerdotale, si les femmes pouvaient accéder au diaconat, une partie de l'opinion publique serait encline à croire que le sacerdoce féminin est imminent. Les membres du clergé qui craignent cette éventualité comme la peste seraient en pleine ébullition, ce qui ne ferait qu'accroître leur misogynie.

Irène comprit que ce jour-là, Gabriella était trop découragée pour entrevoir la moindre lueur d'espoir. C'est pourquoi elle changea vite de sujet puis l'invita à dîner pour le lendemain soir.

10

QUELQUES jours plus tard, le frère et la sœur purent se revoir à l'occasion de la visite de Franco de Nitto qui avait été le meilleur ami de Gregorio lorsqu'ils étaient à l'école et qui était aussi très lié à Irène. Vice-directeur de l'un des principaux quotidiens italiens, il vivait à Milan et logeait, lorsqu'il venait à Rome, à l'hôtel Minerva. Il les avait conviés à dîner sur sa magnifique terrasse pour bavarder ; le repas y était toujours raffiné et accompagné d'excellents vins. Il se plaisait généralement à raconter à ses deux amis les dessous de l'actualité, ravi d'en savoir plus qu'eux. Instinctivement, Gregorio doutait de ses révélations, peu enclin à voir des complots partout.

— Vous avez remarqué, raconta le journaliste, que les scandales sexuels sont de nos jours un atout majeur dans les luttes pour le pouvoir. Prenez Rigamonti par exemple : il achète toutes les revues pour « familles » qui sont en fait des concentrés de potins et de calomnies. Il s'est ainsi procuré des images et des vidéos compromettantes qu'il ne publiera pas mais qu'il conservera pour les utiliser si besoin.

— Tu parles ! Rigamonti ! Tu le crois vraiment si puissant que ça ? Je l'ai toujours considéré comme un intrigant de série B, commenta, sceptique, Gregorio.

— C'est bien la preuve que tu n'es pas aussi informé que tu le prétends sur les intrigues du Vatican. Là tu m'étonnes parce qu'on parle de l'un des pires manipulateurs italiens. Mais tu vis où ? En Italie, Rigamonti a tous les pouvoirs avec l'autre là, Gualandri. À juste titre, tous les craignent et évitent de les contrarier. Vous vous souvenez, il y a trois ans, quand le malheureux monseigneur Pucci fut traîné en justice pour avoir violé un pauvre Albanais au Vatican, qu'il battait en plus ?

Gregorio se souvenait bien de Pucci qui avait été son patient : on savait qu'il était homosexuel mais au Vatican on n'accordait pas trop d'importance à certaines choses, la devise étant de « vivre et laisser vivre ». Certes, il se souvenait avoir été surpris en apprenant que Pucci avait été nommé évêque ainsi que secrétaire du dicastère de la curie alors dédié aux migrants.

— Le jeune homme avait confié à Pucci, continua de Nitto, qu'il avait besoin d'argent pour soigner sa mère gravement malade et ce cher évêque, qui rémunérait généreusement ses chéris, pensait que payer l'Albanais était un acte de charité qui joignait l'utile à l'agréable. Mais un soir, le jeune homme avait couru au commissariat pour le dénoncer. Il se plaignait en pleurant : lui n'était qu'un pauvre émigré catholique agressé sexuellement à maintes reprises ! Entre deux sanglots, il avait même fourni une preuve : il avait craché sur son chandail le liquide séminal qu'il avait ensuite transféré dans un flacon. Mais le chef-d'œuvre de Rigamonti n'a pas seulement été celui de mettre le jeune homme sur le chemin de Pucci, le responsable du dicastère dédié aux migrants qui n'a eu aucun scrupule à le battre et à le violer à maintes reprises : un migrant et de surcroît si jeune ! Non, son véritable chef-d'œuvre a été de faire courir le bruit que c'est un cardinal ennemi de Pucci qui avait poussé l'Albanais à le dénoncer. D'un seul coup, cet intriguant a déshonoré l'Église et divisé la curie entre les partisans du cardinal et ceux de Pucci.

— Je croyais qu'on ne rencontrait ces ignominies que dans l'univers de la politique ou de la finance, commenta Irène.

— Non, pas du tout... Rigamonti est étroitement mêlé à tous les conflits d'intérêts du Vatican, voilà pourquoi il peut maintenant nous être très utile. On sait que le pape a l'intention de mettre en œuvre des réformes radicales en commençant par l'IOR. Imaginez ce qui pourrait en sortir et quelles en seraient les conséquences pour l'Église. Un vrai cauchemar !

— Tu exagères comme toujours, là je ne te suis pas... En fait, tu sais quoi..., intervint Gregorio.

— Ah non, ne l'écoute pas ! Moi je veux mieux comprendre cette histoire de Rigamonti, interrompit Irène agacée.

— Crois-moi, je sais de quoi je parle. Je peux même te donner un exemple concret qui me concerne personnellement et dont j'ai plutôt honte d'ailleurs. J'avais chargé deux de mes hommes d'enquêter sur des fonds déposés par Rigamonti au Liechtenstein (et qui provenaient, d'après nos contrôles, d'un trafic d'armes en Angola) et le dossier qui se préparait était plutôt corsé... On attendait de faire les dernières vérifications avant de publier... Eh bien, au cours d'un dîner chez Umberto Fiorentino, j'ai rencontré une femme magnifique. Une Tchèque. Pendant toute la soirée, elle ne m'a pas quitté d'une semelle et par la suite je la rencontrais comme par hasard partout où j'allais : au restaurant Al Bolognese, où je dîne le soir quand je suis à Rome, et j'y venais souvent à cette époque, pour cette enquête justement ; au bar de l'hôtel Minerva aussi, où j'allais souvent boire un dernier whisky avant d'aller me coucher. Et puis je l'ai retrouvée dans l'avion en repartant pour Milan. Pendant le vol, elle est venue s'asseoir à la place libre à côté de moi me demandant si en arrivant à l'aéroport, je pouvais avoir la gentillesse de la raccompagner chez elle vu que la fois précédente, le chauffeur de taxi lui avait fait des avances assez explicites qui l'avaient mise mal à l'aise.

— Alors qu'as-tu fait ? lui demanda Irène.

— Eh bien, j'ai fait…

— Oui, quoi ?

— Je l'ai accompagnée chez elle et…

— Et ?

— Et, bref… Je suis monté.

— Eh bien, qui l'eut cru ! se moqua Gregorio.

— Le lendemain, après l'interrogatoire assez superficiel de ma femme, car en fait je n'avais pas été très précis sur mes horaires de retour, réaliste, je me suis froidement regardé dans le miroir. Pouvais-je croire une seconde qu'une femme jeune et belle et si séduisante se sente attirée par moi, un homme du sud, trapu, de 60 ans ? Non, bien évidemment ! Grâce à mon aptitude à l'introspection, sans me leurrer, je compris que je devais vite m'en libérer, ce que je fis. Et j'ai eu drôlement raison ! Parce que quatre mois plus tard, la superbe Tchèque réapparut. Cette fois-ci, elle avait mis le grappin sur l'ex-démocrate chrétien de Catane, qui s'était recyclé je ne sais plus dans quel parti : on les a surpris en plein hiver dans la résidence d'été de sa femme en train de sniffer de la cocaïne. Je ne me souviens pas de son nom, c'est celui des pots-de-vin pour la construction de l'hôpital pédiatrique.

— C'est invraisemblable ! murmura Irène alors que ses pensées se bousculaient.

— Mais non, c'est tout à fait vraisemblable, car c'est ce qui arrive et très souvent même ! Si tu as un peu de pouvoir et que tu ne ressembles pas à, par exemple, George Clooney, et que tu rencontres une femme incarnant tout ce dont tu as toujours rêvé, pratiquement ton idéal féminin, et qu'elle tombe à tes pieds dès la première rencontre: méfie-toi et prend tes jambes à ton cou car tu t'apprêtes à tomber dans le piège.

11

Gregorio n'avait pas le moins du monde été troublé par le récit de son ami. Après avoir très bien dormi, il se réveilla un peu plus tard que de coutume, à cause du vin peut-être ou des deux Gin-tonic de l'apéritif et, pour une fois, il prit son temps pour se préparer. Ce qui lui permit de rencontrer Carmela avec qui il ne communiquait depuis des mois plus que par téléphone. En entrant, elle fut stupéfaite de le voir encore en robe de chambre et courut lui préparer son café pendant qu'il fredonnait une étrange mélodie, avec malgré tout quelques fausses notes. Elle s'apprêtait à porter le plateau avec tasse et cafetière dans son bureau lorsque Gregorio vint s'asseoir à la table de la cuisine. Alors qu'elle tournicotait autour de lui tout en vidant le lave-vaisselle, il l'interrogea :

— Carmela, j'aimerais vous poser une question mais vous devez me répondre sincèrement.

— Ah ça oui, moi je suis toujours sincère, parfois trop même, à tel point qu'on m'accuse d'être impertinente.

— À ce point-là ! Comment est-ce possible ?

— Comment c'est possible, mon cher docteur ? Eh bien quand une personne vous pose une question ou vous demande votre avis, elle ne veut pas vraiment savoir ce que vous pensez, elle veut seulement que vous confirmiez ce qu'elle pense, elle ne veut sûrement pas entendre autre chose, croyez-moi ! Mais dites-moi, vous, que voulez-vous savoir ?

— Bon, voilà, que penseriez-vous d'un homme d'un certain âge qui épouserait une femme ravissante, beaucoup plus jeune que lui ?

— Qu'est-ce que j'en penserais ? Eh bien que c'est un homme prévoyant et aussi bien imprudent.

— Comment ça, c'est l'un ou l'autre me semble-t-il, non ?

— Ah non, docteur : il est prévoyant parce qu'il s'offre l'aide-soignante dont il aura bientôt besoin. Mais il est aussi très imprudent parce qu'il s'est préparé… Je ne sais pas si je peux le dire…

— Dites, dites donc !

— Je risque d'être impertinente et vous risquez de vous fâcher…

— Mais non, ne vous en faites pas !

— Eh bien, il s'est préparé une belle paire de cornes, et plus d'une probablement.

— En conclusion vous, une femme, vous n'acceptez pas l'idée que ces deux-là puissent vraiment s'aimer…

— Non, je ne l'exclus pas totalement, mais je n'exclus pas ce que je viens de vous dire. J'en ai vu des choses dans ma vie! Mais la vie est courte: si on veut en profiter, il faut prendre des risques et il y a parfois un prix à payer. Peut-être que l'ami dont vous me parlez est heureux en ce moment, mais ce bonheur lui coûtera cher plus tard, que voulez-vous que je vous dise. Nous savons tous que la vie est courte et dangereuse.

Gregorio se dit que Carmela était somme toute trop fruste et terre à terre et il partit se raser en chantonnant.

En revanche, Irène, après une nuit sans sommeil, se leva sonnée et confuse comme si elle avait reçu un coup de marteau sur la tête. En repensant aux récits de Franco, une chose lui parut absolument évidente: Gregorio était en danger. Quelqu'un lui avait mis Chantal entre les pattes et avait bien choisi d'ailleurs: une Française comme sa femme bien-aimée trop vite disparue, belle, catholique pratiquante, partageant les mêmes centres d'intérêt, et pour couronner le tout d'une soumission désarmante. Et qui plus est, disponible et on le sait, les hommes ne se refusent jamais.

Cependant elle ne savait répondre à la question qui la tenaillait: un chantage, mais dans quel but? Gregorio n'avait rien à offrir. À moins que l'objectif ne soit la menace d'un scandale: le médecin du pape, l'une des personnes qui lui étaient le plus proche, était compromis avec une *escort*, indiscrétion qui ne pouvait que nuire à l'Église. Mais non, il ne pouvait s'agir de cela:

l'Église faisait bien assez de faux pas de ce genre, bien plus graves qui auraient suffi à la discréditer. Il y avait sûrement autre chose : Gregorio n'était peut-être qu'un pion mais dans quel jeu ? Il fallait le pousser à y réfléchir…

Mais au cours de l'après-midi, son sang se glaça lorsqu'il lui annonça au téléphone, d'un ton péremptoire :

— J'ai une nouvelle à t'annoncer qui risque de te déplaire : j'ai demandé à Chantal de m'épouser et elle a accepté.

— Qu'est-ce que tu racontes ?

— Je te répète ce que je viens de te dire : je l'aime et elle aussi, elle m'aime, bien que tu penses que je ne sois pas digne d'être aimé par une femme si admirable. Nous sommes tous les deux libres et nous pouvons nous marier, nous… Ça mettra fin à tes suppositions et à tes insinuations malveillantes et à tout ce qui s'ensuit.

— Franchement, Gregorio, comment peux-tu imaginer que moi…

— À vrai dire, je m'attends à ce que tu accueilles cette décision avec joie : tu me le dois, car je suis heureux et tu le dois aussi à Chantal qui est à l'origine de ce bonheur.

Irène était déconcertée : Gregorio n'avait jamais été aussi agressif, même lorsque, encore enfants, ils rivalisaient en cris et en pleurs pour attirer l'attention de leur mère. En grandissant, ils avaient toutefois opté pour un langage apparemment conciliant, non dénué d'ambiguïté pourtant. Elle comprit que pour rester à ses côtés en tentant de le protéger, il lui fallait jouer le jeu.

Pour ce faire et un peu à contrecœur, elle organisa trois jours plus tard un dîner de six personnes en l'honneur du couple ; elle invita deux monseigneurs très proches de Gregorio et une grande amie à son frère et à elle de l'époque de l'université. Irène était une parfaite maîtresse de maison : elle avait hérité de son excellente éducation le talent de recevoir, la table était dressée avec style, avec la vaisselle en porcelaine de la famille et l'argenterie soigneusement nettoyée.

Comme convenu, Gregorio et Chantal arrivèrent trente minutes avant les autres. Chantal était magnifique en robe de soie bleue, les cheveux relevés en un chignon savamment décoiffé. Bien décidée à plaire à sa future belle-sœur, Irène avait opté pour une musique de fond qu'elle apprécierait certainement : la *Petite messe solennelle* de Rossini. Après le toast de bienvenue, elle demanda à Chantal si cette œuvre lui plaisait. Elle en crut à peine ses oreilles en s'entendant répondre littéralement : « Oui, elle est magnifique, mais comme vous le savez je préfère de loin la musique sacrée. »

L'expression de stupéfaction d'Irène poussa Gregorio à intervenir : « Tu sais, Chantal appartient à un certain courant de musicologues qui considèrent que Rossini est peu sérieux et que sa musique n'est pas digne de figurer parmi les musiques sacrées. »

Après cette explication clairement absurde et ridicule, cela ne faisait plus aucun doute : Gregorio était manipulé. Cette certitude bouleversa Irène à tel point qu'elle dut faire un effort surhumain pour terminer la soirée en conversant aimablement avec tous les convives.

12

Il fut alors clair qu'Irène avait grand besoin de conseils, mais à qui se confier ? Car, songeait-elle, il est toujours délicat d'ébruiter des soupçons, on risque d'être mal interprété. De plus, elle ne pouvait éviter de citer la charge de Gregorio indirectement donc lié au Vatican. En qui pouvait-elle avoir confiance pour être sûre que ses doutes et ses suppositions ne deviennent pas un sujet de conversation ou, pire encore, de ragots ? La solution la plus évidente lui vint aussitôt à l'esprit : elle ne pourrait parler librement que dans le secret du confessionnal.

Son confesseur était un homme exceptionnel, le cardinal Pietro Recalcati, secrétaire d'État, un ami de son père qu'elle avait connu encore enfant et qu'elle avait choisi comme confesseur en vertu de la grande intimité qu'il y avait entre eux, quasiment un membre de sa famille. Leur relation ne s'était pas interrompue quand Don Pietro avait gravi les échelons de la hiérarchie vaticane. Il avait bien compris le sérieux et l'importance de sa liaison avec Alistair, et leur souffrance ; il ne la condamnait donc pas comme l'aurait fait un autre confesseur en dénonçant l'adultère.

Don Pietro, elle n'aurait su l'appeler autrement, et il ne l'aurait d'ailleurs pas souhaité, la reçut dans la chapelle privée de la secrétairerie d'État nouvellement restaurée. Pendant qu'elle l'attendait, Irène put admirer les riches décorations du XVIIe siècle et le fragment de fresque du XIVe siècle servant de retable : une Vierge à l'enfant, à l'expression douce et mystérieuse.

Le cardinal était en retard alors elle eut un doute : et si par hasard, il était aussi le confesseur de Gregorio ? En vérité, ça ne lui aurait pas déplu, non seulement à cause de Chantal mais aussi parce qu'elle sentait son frère chaque jour un peu plus distant. Ensemble, ils n'abordaient jamais ce genre de discussion, mais elle supposait que le fait qu'il soit mêlé depuis si longtemps à la vie du Vatican l'avait en quelque sorte empêché de cultiver une vie intérieure.

Le cardinal l'accueillit à bras ouverts en signe d'affection :

— Comment vas-tu ? Comment allez-vous tous les deux ? J'ai eu vent de la belle nouvelle du prochain mariage de Gregorio… Tu dois être heureuse…

— À vrai dire, non ! C'est justement de cela dont je voulais vous parler : je suis très préoccupée. Je n'ai aucune confiance en cette femme, je ne la sens pas : je perçois une froideur sous-jacente qui s'accorde mal avec l'image de douceur et de dévouement qu'elle affiche face à Gregorio. Elle prétend ne pas parler notre langue mais je l'ai surprise à insulter un chauffeur de taxi en parfait italien... Elle se dit musicologue experte en musique sacrée mais en entendant la *Petite messe solennelle* de Rossini, elle a pris cette œuvre pour un opéra lyrique...

Irène n'omit rien, citant en désordre toutes ses impressions, ses craintes et ses suppositions. Toutefois, le cardinal ne parut pas se scandaliser. Il admit que la Française était peut-être un peu hypocrite mais, ajouta-t-il, toutes les femmes ne le sont-elles pas lorsqu'elles cherchent un mari ? Cela ne veut pas dire qu'elles deviendront de mauvaises épouses. Si Gregorio était heureux, c'est ce qui comptait : il avait trouvé la passion qui lui avait manqué depuis trop longtemps. À son avis, il n'y avait pas de quoi s'inquiéter, et surtout pas pour le Vatican, parce que lui, franchement ne voyait aucun danger de ce côté-là.

« Tu dois prier pour Gregorio et pour son bonheur en continuant à l'aimer ; remets son sort entre les mains de Dieu, assurément, tout est destiné à s'arranger. » Le cardinal n'avait même pas pris en compte la suggestion de faire surveiller Chantal par les services secrets du Vatican : « Allons, ma chère ! Le commandant La Manna a des tâches bien plus importantes à accomplir avec tous les problèmes qui nous tracassent... »

Bien qu'un peu déçue, Irène repartit apaisée : comme toujours la confession la réconfortait. Et puis, Don Pietro l'avait exhortée à avoir confiance en Jésus : « *Et portae inferi non praevalebunt adversus eam [ecclesiam meam]*[1] », lui avait-il rappelé.

Dès que Recalcati revint dans son bureau, son secrétaire l'informa que le président Patrizi Storti avait demandé à le rencontrer et qu'il l'attendait déjà dans l'entrée. Cette visite était inattendue et malvenue car l'homme était toujours anxieux et porteur de mauvaises nouvelles, se dit le cardinal en se préparant à l'entretien. Patrizi l'inquiéta en lui racontant que le remaniement de l'IOR exigé par le pape progressait en dépit de fortes hostilités. Recalcati ne voulut alors qu'une chose : pouvoir rencontrer au plus vite son confesseur. Il le fit convoquer séance tenante dès que le président le libéra de sa présence.

Le cardinal était déstabilisé car Irène l'avait ému par la sincérité de ses appréhensions et la pâleur de son beau visage angoissé après des nuits sans sommeil, peut-être avait-elle été déçue de ne pas l'avoir senti solidaire. Il venait de prendre conscience que le complot ourdi contre le pape avec son approbation aurait fait souffrir deux personnes qui comptaient pour lui, mais pas assez pour renoncer à ses projets. Il allait en fait

1. Cf. Mt 16, 18 : « Et moi, je te le déclare : Tu es Pierre, et sur cette pierre je bâtirai mon Église ; et les portes de l'enfer ne tiendront pas contre elle. » *Bible de Jérusalem*, Cerf, Paris, 1998.

contribuer à leur faire du tort même si lui n'agissait certainement pas par intérêt personnel, il n'avait rien à voir avec l'IOR.

Giulio Minetti, le savant dominicain auquel il confiait ses péchés, arriva hors d'haleine. Ancien élève de Recalcati, il était bien conscient des avantages de ce rapport privilégié car il espérait, en outre, être nommé recteur de l'université pontificale où il enseignait et le soutien du secrétaire d'État était son meilleur atout.

Recalcati avait déjà auparavant évoqué la nécessité de prendre des décisions « douloureuses », mais là, il fut plus précis : il s'agissait de faire souffrir le pape physiquement dans le but de l'effrayer et de l'inciter à atténuer voire à interrompre ses dangereuses réformes.

— Si vous me permettez, Éminence, mettre fin à la honte de l'IOR est un mérite plus qu'une faute. Quant à utiliser la violence…

— Il est facile de nourrir de bons sentiments quand on ne regarde pas les choses en face, s'emporta le cardinal. Si on vous écoutait, les croyants apprendraient par exemple, que les principaux pots-de-vin de la corruption sont passés par l'IOR ! Ne comprenez-vous pas qu'ils s'éloigneraient encore plus qu'ils ne le font déjà en resserrant les cordons de la bourse ? La perte serait telle que nous devrions, je ne sais pas moi, vendre la chapelle Sixtine aux Chinois pour pouvoir couvrir les dépenses de l'Église qui sont énormes, vous devriez le savoir. Allons, trêve d'idéalisme, remettez les pieds sur terre !

— Mais il ne faudrait pas que tout se passe comme pour les abus sexuels, je veux dire comme pour la pédophilie.

— Ne m'en parlez pas ! Là, nous n'avons fait que des bêtises : nous avons eu tort de tout reconnaître et tort de punir ceux qui, bien intentionnés, avaient tout étouffé. Non seulement nous avons dépensé une énorme quantité d'argent avec les indemnisations mais de plus, les fidèles, scandalisés, ont diminué les donations. On a inutilement perdu la face, et les offrandes !

Le confesseur se garda bien de répondre : il avait compris que le cardinal n'admettait aucune réplique et il ne voulait pas risquer de perdre ses privilèges présents ou futurs. Il lui donna donc l'absolution tout en songeant qu'il y avait une belle différence entre le réalisme cynique de son protecteur et la grande et généreuse vision de l'humanité dont le pape Ignace témoignait quotidiennement.

13

L'IDÉE de Gregorio de pousser Chantal à se loger dans un pensionnat de religieuses avait été la meilleure façon de faire taire les commérages et les remarques malveillantes ou moralisantes dont il avait eu vent. Elle avait accepté de bon gré vu qu'ils pouvaient passer les après-midi ensemble chez lui. Elle était docile comme toujours, mais pas pour toujours...

Lorsqu'on apprit que l'anniversaire du pape serait célébré par un concert de l'Orchestre philharmonique de Vienne dans la basilique Saint-Jean-de-Latran, elle déclara d'un ton péremptoire : « Je veux t'accompagner, j'y tiens énormément et puis il me semble que maintenant... j'en ai le droit. »

Après lui avoir fait sa demande en mariage, Gregorio avait décidé de lui révéler qu'il était le médecin du pape, elle était donc certaine qu'elle pourrait être invitée sans problème. Il tenta de résister en remarquant qu'une sortie publique pour une telle occasion lui semblait prématurée. Chantal fit alors preuve d'un entêtement inédit. Elle lui reprocha de ne pas la considérer à sa juste valeur en insinuant qu'il avait honte d'elle. Elle protesta en disant qu'il ne se rendait pas compte combien ce concert lui serait utile professionnellement. Et puis elle fondit en larmes et sanglota. Il ne sut pas lui résister : il ne supportait les pleurs de personne, encore moins ceux de Chantal !

Il avait cédé, un peu à contrecœur. En son for intérieur, il commençait à trouver cette histoire de musique un peu exagérée. Il avait enfoui au fond de sa mémoire la gaffe monumentale concernant la *Petite messe solennelle* au cours du dîner d'Irène. Il y avait eu aussi un autre épisode assez troublant : ils assistaient à l'Auditorium au *Concerto n° 4 pour violon et orchestre* de Paganini ; à la fin du premier mouvement, l'*allegro maestoso*, Chantal avait été la seule à applaudir dans la salle, ignorant évidemment qu'elle devait attendre les mouvements suivants : l'*adagio*, le *rondo galante* et l'*andantino gaio*, ce que quiconque connaissant la musique et fréquentant les salles de concert sait pertinemment. Il se dit qu'il était sans doute très fatigué, voilà pourquoi il se méfiait de tout et de tout le monde. Chantal avait peut-être exagéré ses connaissances musicales pour lui plaire, va savoir, simple coquetterie de femme amoureuse !

Il vivait clairement un moment un peu difficile : il avait souvent des crampes d'estomac et les attaques de migraine dont il souffrait depuis sa jeunesse étaient de plus en plus fréquentes et violentes.

Il les combattait en avalant des cachets très efficaces qui allégeaient la douleur mais il se retrouvait complètement épuisé, pratiquement anéanti. Lorsqu'il souffrait, allongé dans une totale obscurité en attendant de se ressaisir, il se rappelait toujours les conseils de son professeur de médecine : « Faites attention à ne jamais prescrire trop de médicaments parce que, et vous le constaterez, il faut avoir une santé de fer pour les supporter, croyez-moi ! » Il ne croyait pas si bien dire, pensa-t-il.

Maux de tête et crampes d'estomac étaient évidemment le reflet du profond malaise qu'il éprouvait en flairant l'air de la tempête qui menaçait le Vatican. Entre-temps, des morts subites et de récents scandales avaient considérablement affaibli le parti du secrétaire d'État, bien que les scandales ne le concernent pas directement mais des prélats de son entourage. À ce jour, grâce à sa haute fonction équivalente en Italie à celle de président du Conseil, Recalcati était naturellement perçu comme le successeur du pape lors du prochain conclave. Maintenant que sa position s'était affaiblie, si le pape devait expirer avant le prochain consistoire, c'est le parti adverse qui aurait la majorité. Il s'agissait d'un petit groupe qui paraissait uni et bien soudé mais qui était en réalité miné par des luttes internes, des rivalités, des délations et des chantages. Si l'Église tombait entre leurs mains, les conséquences seraient désastreuses.

Depuis que le pouvoir du secrétaire d'État avait diminué, Gregorio, son ami et son protégé, se sentait fragilisé. En attendant, il craignait que les commérages concernant sa relation encore irrégulière avec Chantal puissent nuire à son image et, à Dieu ne plaise, le faire relever de sa fonction. Mais pour une fois, il ne se souciait pas exclusivement de lui-même : évidemment qu'il serait désolé de perdre son titre d'archiatre, mais c'est pour le pape qu'il s'inquiétait ; Ignace était contraint de faire face à toute une série d'engagements et de voyages exténuants et trop rapprochés par des organisateurs inflexibles qui, d'une voix mielleuse, l'empêchaient de les différer : « Votre Sainteté, on vous attend et on vous réclame. Nos chers frères seraient tellement déçus si... », disaient en chœur les cardinaux.

S'il venait à perdre sa charge, la curie en profiterait certainement pour choisir un médecin plus malléable, autorisant tous les déplacements du pape, même les plus pénibles, sans lui épargner un trop plein d'efforts et de stress, comme lui avait réussi à le faire. Il s'était rendu compte que les voyages représentaient un risque pour Ignace à l'occasion de son dernier déplacement au Nigeria : quelques jours avant son départ, monseigneur Certalli, l'organisateur des déplacements pontificaux, avait demandé à lui parler de toute urgence ; il semblait si pressé qu'il vint lui-même au cabinet de Gregorio en disant qu'il était prêt à attendre pour être reçu, même entre deux rendez-vous. Un bien étrange comportement car, selon la procédure du Vatican, le médecin est censé être convoqué. Bien entendu, Gregorio le reçut immédiatement et aucun patient n'eut rien à redire en voyant un monseigneur revêtu de sa soutane lui passer devant.

— J'ai préféré venir ici car j'ai besoin de vous parler tranquillement et il n'y a pas de micros, en tout cas je l'espère.

— Je l'espère aussi, marmonna Gregorio, dérouté. Mais plutôt, dites-moi vite de quoi il s'agit, vous m'inquiétez.

— Il y a de quoi ! Je suis très préoccupé par ce voyage au Nigeria... On m'a forcé la main pour le lui organiser... Nous venions juste de rentrer de Managua, vous vous rendez compte ?

— Qui vous y a obligé ?

— Je préfère ne pas donner de nom pour l'instant. Plus tard peut-être, le moment venu...

— Bon, alors dites-moi au moins ce que vous pouvez me dire.

— Tout d'abord, ce n'est pas la bonne saison pour ce pays au climat tropical ; et on voudrait y envoyer une personne plus très jeune, qui se remet à peine d'un voyage fatiguant et qui a de graves problèmes d'hypertension, qui plus est quand le climat est particulièrement humide ! Tout le monde sait que le pic d'humidité se situe entre avril et septembre, pas besoin de météorologues, et on est en plein mois de juin, vous imaginez ?

— Eh oui, vous avez raison, on a bien vu au Mexique combien le pape souffre dans ce climat torride, comme nous tous d'ailleurs ! C'était épouvantable, on était tous accablés de chaleur.

— Exactement, et puis il y a autre chose : nous n'irons pas à Abuja, mais à Lagos, dans la vieille capitale où l'attendra une foule dix fois plus nombreuse qui le bousculera de tous les côtés en l'empêchant de respirer !

— Espérons que les services de sécurité puissent le protéger sans qu'il soit submergé et qu'ils soient à la hauteur du danger que nous courrons, je pense à Boko Haram : l'idée d'aller là-bas ne me plaît pas du tout.

— Je suis bien d'accord, mais ce n'est pas tout. À ma demande, les organisateurs locaux m'ont fait parvenir une maquette de la tribune qui sera installée le jour de son arrivée : à midi, en pleine canicule et après plus de neuf heures de vol ! Une sorte de large coupole blanche avait été prévue pour protéger le pape qui m'avait parue plutôt efficace. Lorsque mes collaborateurs sont retournés sur place pour les dernières vérifications, ils m'ont informé que la coupole était totalement différente de celle de la maquette et qu'elle était devenue petite comme une auréole ! J'ai immédiatement protesté mais on m'a répondu qu'il n'était plus possible de modifier quoi que ce soit et que pour une coupole plus large, on n'avait pas trouvé de supports assez robustes. On veut vraiment que le pape Ignace attrape une insolation ! Voilà, vous pourriez sans doute intervenir, vous êtes son médecin après tout, pour que ce voyage soit reporté...

— Mais vous-même, monseigneur, avez-vous parlé de tout cela à quelqu'un ?

— En vérité, j'avais demandé au substitut du secrétaire d'État de me recevoir car le secrétaire n'était pas disponible. Mais je n'ai pas obtenu de réponse et le temps presse.

— Vous n'avez pas insisté ?

— En toute franchise, non, ça m'a semblé inopportun : on aurait pu m'accuser de vouloir faire l'intéressant. Mais si vous, son médecin, pouviez faire quelque chose...

En dépit de ses promesses, Gregorio décida de ne rien faire du tout. Il avait eu l'impression que Certalli voulait l'attirer dans une sorte de panier de crabes. Ce cardinal était réputé pour manquer de courage et pour se soucier avant tout de la progression de sa carrière. La prudence était donc de rigueur : au vu des importants bouleversements à venir, Gregorio ne voulut pas s'exposer avant de savoir quelle faction de la curie l'emporterait.

Dans l'avion qui les amenaient à Lagos, dès que Gregorio vit que le secrétaire d'État était seul – il venait de terminer sa conversation avec le directeur de *L'Osservatore Romano* –, il alla s'asseoir à ses côtés.

— Comment allez-vous, Don Pietro ? C'est un voyage fatiguant qui nous attend : cette fois-ci je crains qu'on ne meure de chaleur !

— Ça c'est certain ! On va se retrouver en plein dans une bulle d'humidité.

— Justement, cela m'inquiète pour le pape. Il vient tout juste de terminer une cure de cortisone pour soigner la vilaine toux dont il n'arrivait pas à se débarrasser depuis un mois. Je suis vraiment préoccupé car il n'est pas très vaillant en ce moment.

— Gregorio, Gregorio, tu n'as pas changé : quand cesseras-tu d'être aussi anxieux ?

— Jamais, probablement ! Si on veut faire appel à Kierkegaard, je peux vous répondre que « l'angoisse est le vertige de la liberté ».

— Comme tu peux l'imaginer, je n'apprécie pas l'existentialisme. Mais revenons à nous deux : sois tranquille, le pape est fort ; je ne suis pas préoccupé alors toi non plus, ne t'en fais pas.

Sur ce, le secrétaire ferma les yeux, comme s'il voulait prier mais Gregorio comprit qu'il voulait se libérer de lui. Il s'éloigna donc, plus inquiet que jamais.

Grâce à Dieu, c'est bien le cas de le dire, le pape surmonta l'épreuve de ce voyage fatiguant mais Gregorio commença à soupçonner que la curie ne lui voulait pas que du bien, bien au contraire ! Ce qui lui fut involontairement confirmé par Ignace les jours suivants. Une petite réception avait été organisée à la fin de la visite à la basilique Saint-Paul-hors-les-Murs, après la messe : le substitut du secrétaire d'État s'approcha du pape pour lui offrir un verre d'orange pressée que ce dernier repoussa.

Sauf que quelques instants plus tard, il s'approcha du buffet et, en indiquant une grande carafe d'oranges pressées, il demanda qu'on lui en serve un verre. Il y eut encore un autre incident qui lui mit la puce à l'oreille : quelques jours plus tard, il alla saluer les membres d'une commission préparatoire du Synode de la famille ; lorsqu'on servit le café, la même scène se répéta : le pape refusa la tasse que lui tendait le cardinal Bonvicini, puis il s'en fit servir une autre par la personne qui préparait les cafés sur la table du buffet. Avait-il peur qu'on l'empoisonne, se demanda Gregorio, interloqué et encore plus suspicieux ?

14

L'HUMEUR de Gregorio allait empirer. Il avait reçu une invitation à dîner chez le cardinal Pisanò, un homme charmant et convivial, un fin gourmet qui avait toujours des tas d'anecdotes à raconter au sujet des futures nominations et des chamailleries entre les membres de la curie, en un mot une vraie concierge ! L'un des convives était le cardinal Arduino Punturieri, prédécesseur de l'actuel secrétaire d'État, qui n'avait pas encore digéré sa destitution. Sa présence à la table de Pisanò était surprenante car leurs rapports étaient notoirement très tendus et donc très rares ; en tout cas, on ne les invitait habituellement jamais ensemble lors de réunions amicales. Doté d'un caractère de cochon, Punturieri était l'un des membres de la curie les plus hostiles au pape Ignace, ce qu'il ne se faisait aucun scrupule à dissimuler.

Dès qu'il prit place à côté de Gregorio, il l'interrogea au sujet de sa future épouse ; à l'annonce du mariage imminent, il formula des félicitations quelque peu équivoques.

« Vous avez tout à fait raison de régulariser ce rapport. Il est préférable d'éviter de prêter le flanc aux critiques et aux médisances. Il ne faut pas tenter le diable, mon cher Cesi, surtout dans votre position qui est délicate et requiert équilibre et prudence », susurra-t-il, l'air d'être bien informé et de désapprouver la conduite de Gregorio. Puis il lui asséna le coup de grâce en lui suggérant : « Docteur, vous avez déjà tant donné et nous vous en sommes tous extrêmement reconnaissants, alors il serait peut-être temps de prendre un repos bien mérité. Écoutez mon conseil : commencez à vous demander si le moment n'est pas venu de ralentir, de quitter cette lourde charge qui vous accapare et de profiter de votre belle épouse. Voyagez ! Amusez-vous, vous qui pouvez le faire ! On ne vit qu'une seule fois, mon cher, ne l'oubliez pas ! Écoutez-moi et suivez mes conseils. D'autres que moi partagent cet avis, sachez-le, et ces recommandations sont faites dans votre intérêt, croyez-le bien ! »

Avertissement bien reçu, pensa Gregorio plutôt consterné alors qu'il rentrait à pied chez lui. Il songeait aux paroles de Punturieri, inquiétantes et sans ambiguïté, accompagnées d'une sollicitude de mauvais augure qui, en y repensant, le fit frissonner. On l'avait pratiquement sommé de débarrasser le plancher. Il eut toutefois une once de courage en pensant qu'il lui faudrait veiller sur le pape avec encore plus d'attention. Il était devenu gênant, cela il l'avait bien compris, mais gênant pour qui, ce n'était pas clair.

Deux jours après le dîner, alors qu'il prenait comme d'habitude son petit déjeuner dans le café habituel, il remarqua qu'un jeune homme le regardait à la dérobée en lisant un journal ; il était trapu, le crâne rasé avec une grosse verrue sur le côté gauche du menton. Il fut certain de le revoir en sortant de l'immeuble de l'un de ses amis qui était son patient ; l'homme était accroupi à côté d'une grosse moto, tenant un outil en main. Il ne le revit que deux soirs plus tard : après avoir raccompagné Chantal dans son pensionnat, il entendit un léger bruit de pas alors qu'il s'engageait dans sa ruelle, comme si quelqu'un marchait sur la pointe des pieds. Il se retourna à l'improviste craignant un voleur à la tire, se demandant qui pouvait s'intéresser à sa mallette, mais il ne vit personne. Il pressa le pas mais il entendit marcher à nouveau. Était-ce possible ? Qui pouvait lui en vouloir ? Il n'eut pas le temps de se poser d'autres questions car, arrivé devant le portail, les clés déjà en main, il reçut un coup bien placé derrière l'oreille droite. En tombant, il perdit ses lunettes et se cogna la tête sur la première marche, restant à terre, assommé. C'est Carmela qui le vit en sortant de l'immeuble d'à côté où elle était allée dîner : elle et la concierge se tenaient parfois compagnie, étant veuves toutes les deux. Elle se précipita et lui donna de petites claques sur le visage, puis elle appela son amie par l'interphone: « Elvira, venez vite et apportez une carafe d'eau et une serviette: le docteur a été agressé et il ne va pas bien! »

Dès qu'il put se relever, Gregorio entra dans l'appartement grâce à l'aide des deux femmes et il se traîna jusqu'au divan où il s'allongea pressant sur sa nuque le sachet de glaçons préparé par Carmela. Elle téléphona à Irène pour lui demander de venir de toute urgence; celle-ci, se trouvant à Bologne pour participer à une conférence, pria Carmela de rester avec Gregorio pour la nuit, elle rentrerait par le premier train le matin suivant. Mais pas moyen de faire entendre raison à Gregorio! Tenant à peine sur ses jambes, il poussa gentiment mais avec fermeté Carmela vers la porte, puis il entra dans sa chambre à coucher et s'écroula sur son lit.

Le lendemain matin, Carmela le retrouva encore tout habillé, la cravate à peine desserrée avec une grosse bosse derrière l'oreille.

— Docteur, il faut vraiment appeler un médecin, vous avez une de ces têtes…

— C'est moi le médecin! Ne vous en faites pas et surtout ne dramatisons pas.

— Désolée mais moi, je m'en fais! Soignez-vous tout seul si vous voulez mais appelez au moins la police!

— Pas question!

— Mais réfléchissez! On ne vous a rien volé, tout y est: votre mallette, votre portable et votre portefeuille aussi, sans parler de votre montre qui vaut un paquet d'argent ! Moi je vous le dis, c'était un attentat ! Vous avez reçu un de ces coups sur la tête ! Vous auriez pu y rester ! Qui est-ce qui vous veut du mal ? Qui veut vous faire peur ? Réfléchissez...

Gregorio, incrédule, la regardait. Elle revint à la charge : « N'écartez personne de votre entourage, vraiment personne... Moi, des curés en soutane, je m'en suis toujours méfiée. »

Gregorio prit un air détaché mais l'allusion à quelqu'un qui lui voudrait du mal l'effraya. Il repensa alors aux menaces à peine voilées du cardinal Punturieri. « Non, c'est impossible, qu'est-ce que je vais imaginer là... » Il fallait gagner du temps.

Le lendemain, il décida quand même d'essayer d'y voir plus clair car après tout, il assumait une charge extrêmement délicate. Non, ce qui lui était arrivé ne pouvait être un incident insignifiant ou fortuit, surtout en repensant aux paroles du cardinal Punturieri. Il convoqua donc La Manna mais il lui fallut vite se rendre à l'évidence : le chef de la gendarmerie, loin de lui prêter une oreille attentive, minimisait l'importance de l'incident.

— Écoutez-moi, docteur Cesi, je suis sincèrement désolé pour ce qui vous est arrivé et sachez que je compatis vraiment à votre frayeur. Mais, si je peux me permettre, vous avez tort d'en faire un drame, vous vous angoissez pour pas grand-chose, il ne faut pas en faire tout un plat !

— Excusez-moi, La Manna, mais vous pourriez au moins enquêter ou faire des contrôles.

— Croyez-moi, ce n'est pas que je refuse de m'en occuper mais les faits ont eu lieu en dehors du Vatican et comme vous le savez, la juridiction ne nous appartient absolument pas. Avez-vous déposé une plainte au commissariat ?

— Non ! J'ai préféré m'abstenir, je ne voulais pas attirer l'attention sur ma charge qui est vraiment délicate.

— Vous avez eu tout à fait raison. Croyez-moi, laissez tomber, c'est préférable.

— Comment ça préférable ? Dites-moi au moins ce que vous pensez du fait que ce type me suivait depuis plusieurs jours, je l'ai vu de mes propres yeux : un type trapu au crâne rasé avec une verrue au menton.

— Que voulez-vous que je vous dise mon cher docteur, ces jeunes d'aujourd'hui, ils ont tous le crâne rasé. C'est la mode, ils se ressemblent tous, pas moyen de les distinguer. Alors comment pouvez-vous être sûr d'avoir vu toujours le même, vous en avez peut-être vu deux qui se ressemblaient ?

— Ah non ! C'était le même, j'en suis certain ! Je l'ai vu de près, je n'ai pas la berlue, quand même !

— Bon, eh bien moi je mettrais ma main au feu qu'il ne s'agissait que d'un petit voleur de rien du tout, rassurez-vous !

— Un voleur qui ne vole rien, ça ne vous paraît pas bizarre, à vous ?

— À moi ? Franchement non, il était peut-être drogué ou saoul ?

— Je ne suis pas vraiment convaincu, car…

— Non, écoutez-moi, il faut vous convaincre ! Et aussi remercier le Seigneur : ça aurait pu être pire, en fin de compte à part une bosse, qui est en train de disparaître d'après ce que je vois, vous n'avez rien eu de grave.

La rencontre avec La Manna lui avait déplu : elle n'avait duré que dix minutes, lui s'était montré distrait, suffisant, impatient et même condescendant ; il avait répondu à toutes ses questions en le traitant comme un être peureux aux nerfs fragiles. Il fut plutôt déçu et encore plus inquiet !

15

GREGORIO était tellement énervé avant d'aller au concert que la migraine fut inévitable. La tranquillité de Chantal ne put suffire à l'apaiser ; elle était magnifique, arborant un élégant tailleur gris clair avec un ample châle vaporeux en soie rose pâle drapé sur une épaule, laissant un côté de la jupe découvert.

Sur le chemin de la basilique Saint-Jean-de-Latran, Gregorio, admiratif, la regardait à la dérobée. Il se surprit à s'interroger : sa présence risquait-elle de gêner de près ou de loin l'organisation complexe du Vatican que lui connaissait bien ?

En arrivant devant la basilique, il éloigna d'un geste ferme Chantal de la file qui attendait pour passer les contrôles.

« Mais non, pas par là, pas de contrôles évidemment, tu es avec moi et nous entrons par la même porte que le pape et les cardinaux », dit-il en lui prenant le bras, heureux de pouvoir exhiber un de ses privilèges.

À l'intérieur, ils durent se séparer. Ignace était installé face à l'orchestre, un peu en retrait, l'acoustique y était meilleure et on plaçait toujours Gregorio derrière lui. Chantal était assise sur le côté dans l'abside, une excellente place qui lui permettait d'entendre parfaitement l'orchestre et d'admirer les magnifiques mosaïques.

— Tu n'as pas trop chaud ? Tu pourrais peut-être ôter ton châle, lui dit-il avant d'aller à sa place.

— Non, il est très léger, je ne le porte pas pour me protéger du froid mais parce qu'il est beau et illumine le visage ; et puis il est assorti à ma robe, lui répondit-elle en souriant, coquette comme à son habitude.

Tout sembla se dérouler selon les règles du cérémonial : les invités entrèrent en premier accompagnés par les gentilshommes de Sa Sainteté pour rejoindre leurs sièges, l'attribution des places étant indiquée par la couleur de l'invitation. Puis il y avait la zone séparée où s'asseyait le pape avec les cardinaux, le président de la République, le Premier ministre, le président de la Chambre des députés et le président du Sénat accompagnés de leurs épouses. Dans l'abside, légèrement en retrait, s'asseyèrent confortablement sur les sièges du chœur les chanoines, les trois religieuses assistant le pape ainsi que Chantal.

Après s'être inclinés devant le pape, les musiciens débutèrent par le *Messiah* de Händel, l'exécution la plus longue du concert. Merveilleuse musique, parfait orchestre. Gregorio vécut trente minutes de béatitude pure, oubliant sa migraine ainsi que le pape… Il tourna la tête pour tenter de croiser le regard de Chantal, elle devait être si heureuse, pensa-t-il, mais il s'aperçut qu'elle n'était plus là ! Son sang se glaça : il n'imagina pas une seconde qu'elle pouvait avoir eu un malaise. Seule l'idée qu'elle était en train de commettre quelque méfait lui traversa l'esprit : il se sentit défaillir. Tout à coup il la vit, à demi cachée dans la pénombre des colonnes : elle progressait le long du couloir latéral près de l'orchestre, raide, le regard fixe en avançant vers lui… Mais non, pas vers lui, vers Ignace ! En un éclair, il comprit, tout s'expliquait jusqu'à leur première rencontre ! Une intuition fulgurante et… il se jeta d'un bond sur le pape, recevant dans le dos la balle destinée au souverain pontife. Il s'évanouit dans une mare de sang qui tacha le vêtement du pape ; dans la confusion, on crut ce dernier blessé et on l'évacua immédiatement, alors que Chantal, la fiancée désespérée, appelait au secours au côté de Gregorio.

Les gendarmes étaient furieux, et plus spécialement les agents de surveillance responsables de la sécurité du côté droit de la basilique d'où était parti le coup de feu. Ils n'avaient vu aucun intrus et la seule personne qui s'était déplacée était la fiancée du docteur Cesi qui avait demandé à faire quelques pas dans le couloir à cause d'une crampe à la jambe gauche ; maintenant la pauvre femme était penchée sur lui en lui tamponnant la blessure avec son merveilleux châle rose. Lorsque l'ambulance arriva, elle seule, en larmes, fut autorisée à y monter pour accompagner Gregorio à l'hôpital Gemelli. Il dut subir une délicate opération à l'épaule car la balle était passée très près de la colonne vertébrale. Chantal avait parfaitement bien visé : le pape aurait été touché en plein cœur si Gregorio n'avait pas servi de bouclier. Dès l'arrivée à l'hôpital, elle descendit de l'ambulance et disparut.

16

L'HOSPITALISATION dura plus longtemps que nécessaire étant donné qu'il récupérait bien ses forces et que la guérison semblait imminente, mais toutes les équipes de l'hôpital, les médecins, les infirmières, les religieuses, y compris le personnel administratif, tous veillaient à lui accorder une attention particulière et faisaient preuve d'une extrême sollicitude comme s'il était le pape en personne et non son médecin. Ils étaient tous au courant de son geste et le fait qu'Ignace ait souvent pris de ses nouvelles poussait tout le monde à redoubler d'attention comme s'il était un objet fragile de grande valeur.

Le pape avait été aussi transporté d'urgence à l'hôpital dans une autre ambulance, son vêtement étant taché de sang, le sang de Gregorio, pour vérifier s'il n'avait pas été blessé et pouvait rentrer au Vatican. Mais il s'était immédiatement informé auprès des médecins de l'état de santé de Gregorio, voulant connaître les détails de l'opération qu'il allait subir ; c'était justement cette gentillesse naturelle qui le faisait tant aimer de tous.

À sa sortie de l'hôpital, à sa « libération » comme il l'appela à juste titre, Gregorio fit informer le pape qu'il était à nouveau disponible. Il fut convoqué dès le lendemain. Certes, Ignace se portait bien mais il avait toujours convenu avec Gregorio de l'importance de fréquents contrôles ; ces derniers jours, il avait été suivi par un remplaçant, mais son médecin personnel, c'était autre chose ! Et puis, il voulait lui parler.

— Je suis heureux de voir que vous êtes rétabli. J'ai beaucoup prié pour vous, pour votre santé et aussi pour remercier le Seigneur de m'avoir donné un ami. Oui, votre geste vraiment héroïque m'a fait sentir moins seul et j'en avais besoin. Et puis, j'ai prié pour vous, empli de gratitude parce que je vous dois la vie, pour le temps que le Seigneur m'accordera encore.

— Saint-Père, j'attendais le moment de notre rencontre depuis cette terrible journée. J'aspirais ardemment à pouvoir m'agenouiller devant vous pour déposer mon cœur à vos pieds, un cœur lourd de remords pour ce que j'ai provoqué.

— Plus un mot !

— Non, Saint-Père, permettez-moi de parler. Accordez-moi votre pardon, bien que je ne le mérite pas.

— Mais mon cher fils, Dieu a pardonné ceux qui l'ont crucifié. Qui suis-je, moi, pour ne pas pardonner ?

— Mais moi, je ne pourrai jamais me pardonner.

— Alors vous me dites que l'exemple que Jésus nous a donné sur la Croix ne compte pas pour vous ? Allons mon fils !

— Non… Enfin oui, bien sûr, mais c'est de ma faute, entièrement de ma faute si vous avez risqué de mourir de la main de cette femme, je veux tout vous dire.

— Vous n'avez rien à me dire que je ne sache déjà ; d'autre part, je sais que vous avez été une victime, vous aussi. Ce sont peut-être d'autres personnes qui devraient se repentir.

— Mais c'est moi qui, pour cette femme…

— Vous êtes un homme, avec les faiblesses de tous les hommes.

— Pourtant, si je n'avais pas été aussi faible, si je n'avais pas cédé à la tentation…

— Mon fils, il vous faut accepter que l'homme est un être faible, nous devons tous accepter notre finitude et apprendre à nous protéger. Dieu seul est infini et dans son infinie et paternelle bonté, il nous pardonne chaque jour. Pardonnez-vous, vous aussi, ne vous méprisez pas. Et n'oubliez pas que Judas s'est perdu non parce qu'il a vendu Jésus pour trente deniers mais parce qu'en se suicidant, il a renoncé au pardon de Dieu.

17

DEUX mois s'écoulèrent. Ce soir-là, Gregorio traversait à pied le dédale d'étroites ruelles du Borgo Pio, en essayant de presser le pas entre les voitures car sa sœur détestait que l'on arrive en retard pour dîner. Le pape l'avait retenu plus que de coutume, ce qui arrivait de plus en plus souvent. Il avançait péniblement ressentant encore quelques douleurs des suites de sa blessure. Lorsqu'il sonna au portail de Borgo Vittorio, il était essoufflé et se sentait tout penaud. Irène fit comme si de rien n'était.

— Tu es en retard, comme d'habitude; passons tout de suite à table: le turbot va être trop cuit, et les pommes de terre aussi, dit-elle, franche et directe comme d'habitude.

D'ailleurs, pensa-t-elle un peu agacée, même enfant, il était pleurnichard.

— Crois-moi, j'avais du mal à marcher et des douleurs partout, dit-il, espérant un peu de compassion.

— Ne t'en fais pas, elles vont disparaître, mais là, tu dois vraiment commencer à réagir... Dis-moi plutôt où en est l'enquête, nous n'avons pas eu l'occasion de nous voir ces derniers jours !

— Rien de neuf. Chantal semble s'être envolée après l'arrivée de l'ambulance à l'hôpital. On n'a trouvé aucun indice dans ses bagages qui étaient restés au pensionnat de religieuses où elle logeait. À Paris, on la connaissait à peine, tout juste bonjour et bonsoir : l'appartement avait été loué pour six mois seulement et il est déjà occupé par un autre locataire.

— Une véritable aventurière ! Je sentais bien qu'il y avait quelque chose de louche : elle était trop belle avec son petit air angélique, buvant toujours tes moindres paroles, s'acharna Irène, qui ne perdait pas une occasion de lui reprocher son faux pas et de ne pas avoir écouté ses avertissements.

— Ce qui est vraiment inquiétant, ajouta-t-il en faisant mine de n'avoir pas entendu, c'est qu'apparemment, personne au Vatican ne semble intéressé à y voir plus clair.

— Ça, je veux bien le croire ! Je mettrais ma main au feu que tout a été manigancé de l'intérieur : il y en a qui savent, qui savent exactement pourquoi elle a tiré ! Crois-moi, tout est bien clair !

— Je suis vraiment écœuré, murmura-t-il en regardant de tous côtés à la dérobée, car je commence à croire que tu pourrais avoir raison et à ce stade, je n'y comprends plus rien. Ignace affirme maintenant que je suis le seul en qui il a confiance, puisque je suis celui qui lui a sauvé la vie en risquant la mienne. Je suis devenu son unique interlocuteur et confident. Et crois-moi, c'est lourd à porter parce que j'ai l'impression que tous, même ceux qui me connaissent bien et avec qui j'ai toujours eu d'excellents rapports, me regardent d'un air méfiant.

— Tu as fait ton devoir dans le respect de notre tradition familiale, d'ailleurs tu n'avais pas le choix.

— En effet, nous avons juré fidélité à l'Institution. Mais Ignace continue à se méprendre.

— Se méprendre à quel sujet? Je ne vois pas de quoi tu parles, rétorqua-t-elle, perdant presque son calme.

— Mais tu ne comprends vraiment rien! Ce que je veux dire, c'est que personnellement, je ne suis pas d'accord avec tout ce qu'Ignace fait ou a l'intention de faire, c'est-à-dire un grand nettoyage au Vatican comme il dit. Un nettoyage? J'appellerais plutôt ça un cyclone! Il a attaqué l'IOR en fonçant comme un taureau! Soyons sérieux, il ne peut pas s'en prendre à tout le monde. Et au milieu de tous ces bouleversements, il est convaincu que je l'ai protégé parce que je partage ses idées et suis prêt à lutter à ses côtés, comme si j'avais choisi mon camp. Mais c'est faux! Je n'ai réagi que par respect pour la tradition et par fidélité à ma famille. C'est en lui que je n'ai pas confiance!

— Eh bien, à moi, il me plaît parce qu'il a du courage! Et puis je t'avoue que j'apprécie l'attention qu'il porte aux femmes, il reconnaît la validité de leur rôle potentiel. C'est ça la véritable révolution, au sein d'une Église qui ne les voit même pas, comme si elles étaient transparentes! s'enflamma Irène, comme à son habitude lorsqu'on touchait au sujet qui lui tenait le plus à cœur.

— Tu te fais des illusions ma chère, et ce qui est grave, c'est qu'il s'en fait lui aussi. Les esprits ne sont pas encore prêts…

— Mais comment voudrais-tu qu'ils soient prêts, ceux que tu appelles pudiquement « les esprits », s'ils risquent de perdre pouvoir et privilèges ? Tu plaisantes !

— Je sais de quoi je parle, il faut du temps, de la réflexion et aussi de la prudence. Malheur aux impulsifs !

Elle passa à l'attaque :

— Franchement, je dois reconnaître que quand tu dis ça, tu es encore plus clérical et hypocrite qu'eux ! Pas étonnant : cela fait des années que tu ne fréquentes que les membres de la curie. Avec tous vos dîners et vos conciliabules, tu es devenu comme eux, misogyne, j'oserais dire ! Mais c'est peut-être la faute de la belle Chantal !

— D'abord, je ne suis pas du tout misogyne, tu exagères comme toujours. J'essaye seulement de faire comprendre à Ignace que, s'il insiste avec cette absurde idée de valoriser les femmes dans l'Église, il risque de se mettre à dos toutes, absolument toutes les factions de la curie qui lui donneront du fil à retordre, crois-moi. Sache qu'il a l'intention d'ouvrir et d'accélérer le procès de canonisation de

Dorothy Day, une laïque qui, c'est vrai, a consacré sa vie à s'occuper des pauvres, mais qui a quand même eu une vie sentimentale mouvementée sans oublier une fille illégitime et un avortement qu'elle a publiquement avoué.

— Il doit bien savoir ce qu'il est en train de faire. Ignace n'est pas fou, il sait sûrement ce qu'il risque. Et je ne te cache pas qu'une sainte ayant avorté, reconnaissant ensuite la douleur qu'elle a éprouvée, représenterait un grand pas en avant pour les femmes ! Évidemment, il n'a pas choisi le chemin le plus facile et n'oublions pas qu'il a déjà reçu un avertissement.

— Il n'a rien pris en compte du tout, et pas moyen de le raisonner. Il est convaincu que le clergé ne le suit pas et ignore ou édulcore ses directives. Selon lui, la seule solution est de donner un réel pouvoir aux femmes, pour réformer l'Église en partant de la base, dit-il.

— Et tu trouves que c'est une mauvaise idée ? Mais bien au contraire ! Il était temps !

— Eh bien moi, je suis convaincu qu'il continue à se tromper ! Il s'obstine à ignorer qu'une institution comme l'Église, pour durer, a besoin d'autre chose : d'argent d'abord, oui d'argent qui doit affluer régulièrement et en grande quantité ; pour les œuvres de charité, pour les rites, pour les fonctionnaires, en un mot pour entretenir dignement les élites ecclésiastiques. Grand Dieu, ce sont les princes de l'Église tout de même et ça doit se voir! Pour y parvenir, eh bien il faut de la sévérité, en prêchant un code moral rigoureux qui contribuera à inspirer un sentiment de culpabilité, poussant ceux qui veulent gagner des indulgences à octroyer des dons… Même si j'ai bien l'impression que de nos jours, plus personne ne semble se préoccuper de son salut. C'est ça le grand problème et non pas les femmes.

Il était déjà 23 heures et Gregorio prit le chemin du retour. Alors que sa sœur songeait qu'elle avait peut-être été trop dure avec lui, il marchait lentement, pris d'une immense lassitude, conscient que l'attendait une autre nuit sans sommeil ; il la passerait à maudire Chantal qui lui avait pourri la vie, une vie qui avait été jusqu'à présent tranquille et paisible. Sans jamais avoir de décisions épineuses à prendre, sans devoir trop s'engager, il était toujours respecté et considéré. Cette vie feutrée, c'était son idéal !

18

Le pire restait à venir. Il arriva deux jours après le dîner d'Irène, lorsque le pape le convoqua à 21 heures pour lui confier qu'il avait décidé d'agir immédiatement. Il fallait régler la question des femmes en commençant par le sommet de la hiérarchie, scanda Ignace, sans élaborer de réformes progressives, sans immobilisme diplomatique. Il s'agissait ainsi de démanteler la résistance de la curie, conformément aux indications qu'il avait déjà données au lendemain du conclave.

— Il est nécessaire, indispensable même, de remplacer le secrétaire d'État, et pour cette charge, c'est une femme que je veux.

— Mais Saint-Père..., bafouilla Gregorio, qui faillit s'étrangler.

— Et je veux la nommer cardinale. Dans l'histoire de l'Église, il y a bien eu des cardinaux qui n'avaient même pas été prêtres...

— Saint-Père..., tenta d'intervenir Gregorio, suffoquant.

— La difficulté est le choix de cette femme : elle devra avoir du courage pour assumer cette lourde responsabilité en un moment si critique et si dangereux pour sa propre sécurité, comme on a pu le constater.

— Mais, Saint-Père…

Gregorio, livide, était au bord de l'évanouissement.

— Il faudra s'ingénier à déjouer les manœuvres de la curie, car il y en aura, évidemment. Attention ! Tu es le seul à être au courant, malheur à nous si ça venait à se savoir !

Ignace sembla ne pas s'apercevoir de la consternation de Gregorio, tant il était convaincu de sa totale adhésion. Lui aurait voulu lui conseiller plus de prudence, mais il ne prononça pas un seul mot, cela aurait été inutile. C'était dès lors préférable de ne pas s'exposer.

« J'ai rencontré nombre de résistances malveillantes à toutes mes initiatives sous prétexte qu'il faut à tout prix préserver la tradition. J'ai trouvé une Église autoréférentielle, enfermée sur elle-même et protégée par des privilèges scandaleux. Une Église qui se contente de survivre en cette période de l'histoire si angoissante alors que s'imposeraient des paroles courageuses, véritablement chrétiennes », insista le pape.

Gregorio acquiesça, il aurait cependant voulu lui faire remarquer que l'Église survivra, comme elle l'a toujours fait. Mais il avait compris qu'Ignace se souciait davantage de la condition humaine, et qu'il ne se contenterait pas d'assister à la survie de l'Église sur une planète à la dérive.

« Saint-Père, comptez sur moi », murmura-t-il en prenant congé, de moins en moins convaincu, mais il était déjà minuit ; à la sortie, les gardes suisses le regardèrent très étonnés.

Sur le chemin du retour, il se creusait les méninges : l'imminente catastrophe n'était somme toute que la conséquence du choix d'un pape venant de l'autre bout du monde, extrémiste, ignorant les méandres et les finesses de la diplomatie. Rien de plus éloigné de l'échafaudage d'hypocrisies qui soutenait depuis toujours la curie. Il méditait avec la pointe de ressentiment qu'il éprouvait toujours lorsque quelque chose attentait à sa tranquillité. Tout ce qu'il venait de subir n'avait-il donc pas suffi ?

En vérité, la période de convalescence à l'hôpital d'abord, et ensuite chez lui, l'avait incité à procéder à de nombreux changements. Quelles étaient les causes de cette décision ? Un peu la faiblesse de la convalescence, beaucoup la grande frayeur qu'il avait éprouvée et énormément la mortification d'être tombé dans le piège de Chantal dès l'instant où elle lui avait fait les yeux doux. C'en était vraiment trop pour lui. Il commença par fermer son cabinet de Prati ; il continuerait à s'occuper de la santé du pape, des hauts prélats avec qui il avait des rapports plus intimes et de quelques amis en dehors du Vatican.

En outre, il avait espacé les réunions conviviales, prétextant ne pas se sentir encore en parfaite santé. Il préférait éviter les somptueux dîners : ces princes de l'Église, contrairement à Ignace, semblaient plutôt des princes de la gloutonnerie... Auparavant, ils n'hésitaient pas, en présence de Gregorio, à parler de tout, même de questions assez délicates, en toute liberté, tenant pour acquis sa totale discrétion, alors que désormais, il se sentait entouré d'une sourde méfiance ; les tentatives insidieuses de le pousser à dévoiler quelques détails de ses conversations avec le pape, qui avaient lieu dans un cabinet privé ou sur des sentiers isolés, ne lui échappaient pas. Dès lors, il se sentit isolé, ce qu'il était d'ailleurs, relégué dans une sorte de *no man's land* où il ne savait plus comment tromper l'ennui. Il ne lisait même plus ses chers polars au sujet du Vatican tant était forte la sensation d'être lui-même au centre d'une intrigue, d'une véritable intrigue !

19

IGNACE avançait vite. Après avoir examiné les *curriculum vitæ* de nombreuses femmes qu'il avait personnellement rencontrées, il avait sélectionné, en réfléchissant à voix haute face à Gregorio muet comme une tombe, cinq candidates. Une seule venait d'Europe : c'était une théologienne allemande maigrichonne, qui dirigeait l'université où elle avait longtemps enseigné ; puis il y avait Sœur Édith, une Américaine, auteur de best-sellers religieux jugés trop désinvoltes par la Congrégation pour la doctrine de la foi qui ne faisait pas mystère de la détester. Ignace s'était longuement penché sur la candidature d'une religieuse africaine qui avait forcé un cardinal à reconnaître les violences commises par des prêtres contre des religieuses, ce qui n'avait pas manqué de semer la panique dans les diocèses du monde entier. Une autre candidate possible était une théologienne anglaise, une battante, mère de cinq enfants : on l'accusait souvent d'approuver l'avortement alors qu'elle en parlait, tout simplement, au cours de rencontres de laïcs pro-avortement.

La favorite d'Ignace était une laïque consacrée venant de Corée. Nommée secrétaire de la Conférence épiscopale de Séoul, elle en avait redressé le bilan désastreux en obligeant de nombreux dignitaires de l'Église à adopter un train de vie moins luxueux et à rembourser les fonds détournés. Tenace et taciturne, elle parlait couramment plusieurs langues dont l'italien, puisqu'elle avait fait ses études de théologie à l'université pontificale grégorienne de Rome.

Au fur et à mesure que le pape lui dévoilait sa liste de noms, le sang de Gregorio se glaçait en imaginant la violence de l'opposition de la curie à ces candidates ; la Coréenne serait peut-être la moins contestée... Ainsi, songeait-il horrifié, le projet du pape prenait forme, en dépit de ses inévitables répercussions...

Le lendemain soir, il dîna chez le secrétaire d'État, qu'il appelait comme toujours Don Pietro. Mais il regretta vite d'avoir accepté cette invitation qui lui avait été faite avec une insistance excessive. Dès que le garde suisse l'eut introduit dans le luxueux appartement, il dut admettre que le secrétaire d'État ne se souciait nullement de montrer un certain sens de la mesure. Assez penaud, il comprit qu'il n'avait pas été invité par hasard à ce dîner de fidèles membres de la curie, qui n'étaient malheureusement pas fidèles au pape !

La voix de baryton du cardinal américain McGuire, qui avait choisi de rester au Vatican après sa retraite, disait à haute voix : « Mais moi aussi, tout comme elle, je pourrais avoir du succès en écrivant un livre sur l'Église bourré d'hérésies », il faisait évidemment allusion aux succès des livres de la sœur américaine. Le cardinal Ciriello l'interrompit en racontant qu'Ignace avait téléphoné deux fois à la théologienne allemande ; puis le cardinal Pepuys, le « pape rouge » des Philippines, préfet de la Congrégation pour l'évangélisation des peuples, rappela qu'au cours de son voyage en Afrique, le pape s'était longuement entretenu avec la sœur africaine. Le porte-parole du pape, un jeune Français élégant et séduisant, intervint en racontant comment il avait tenté d'éviter le contact direct d'Ignace avec la Coréenne. Sa présence à ce dîner était étrange, songea Gregorio. Il comprit tout à coup pourquoi tant de phrases improvisées prononcées par le pape en public ne figuraient jamais dans les communiqués officiels. Elles étaient censurées ! Le directeur de *L'Osservatore Romano*, assez contrarié, en avait fait la remarque à Gregorio qui lui avait conseillé de s'en tenir aux communiqués officiels dûment relus et corrigés, pas seulement par le porte-parole…

Il avait suffi à Gregorio d'entendre ces bribes de conversations concernant les candidates dont le pape lui avait parlé pour comprendre, saisi d'horreur : comme il n'en avait parlé à personne, il en déduisit que le pape était espionné, par ses cardinaux ! Il comprit alors le motif de cette invitation pressante qui n'admettait aucun refus : ils espéraient le gagner à leur cause en le mettant au courant des complots et tenter d'en savoir plus. Plus, c'est-à-dire tout ce que les micros n'avaient pu révéler. Il en était maintenant certain, ces micros infestaient les appartements du pape mais ne pouvaient certainement pas se trouver dans les allées des jardins du Vatican où ils se promenaient tous les deux les jours de beau temps. Simulant un malaise, avant que ces conspirateurs, car c'était bien d'une conspiration qu'il s'agissait, ne jouent cartes sur table, il se hâta de partir.

« Ce que tu me racontes de Don Pietro est très troublant », commenta Irène alors qu'ils rentraient de la messe. Pendant trois jours, Gregorio avait gardé le silence, s'empêchant même de repenser à cette horrible soirée puis il estima qu'il devait en parler, au moins à sa sœur.

— C'est vraiment terrible, il est clair que le pape est entouré d'espions. Où se tiennent vos conversations ? poursuivit-elle.

— Par beau temps, nous allons nous promener jusqu'à la grotte de Lourdes et par mauvais temps, ou bien s'il est tard, nous restons dans son petit bureau.

— Alors c'est sûrement dans cette pièce qu'ils ont mis les micros pour enregistrer ce que vous dites ; ils ont sûrement aussi placé un mouchard dans le téléphone posé sur le bureau.

— Il l'utilise très peu, il préfère le portable.

— C'est pareil, avec tous les polars que tu lis, tu dois savoir qu'ils sont encore plus faciles à intercepter.

— Je doute pourtant qu'ils aient pris le risque de s'adresser à des professionnels : imagine que ça se sache ! Un journal serait prêt à offrir n'importe quelle somme si on dévoilait ce genre de nouvelle ! affirma Gregorio.

— Tu sais ce que je crois ? Je crois que ce sale boulot, ils l'ont fait eux-mêmes. C'est sûrement le chef de la gendarmerie qui s'en est chargé : c'est une personne à eux, sûre, et on connaît bien ses rapports avec Don Pietro, oui, c'est certainement La Manna qui s'en est occupé... Mais oui, c'est clair, ce sont eux, les coupables !

— C'est bien possible, mais j'ai du mal à le croire, bredouilla Gregorio. Don Pietro, notre ami, un homme si vertueux, si sage...

— Tu dois te rendre à l'évidence, quelle que douloureuse qu'elle soit. Mais surtout, réfléchissons à ce que nous pouvons faire, le pressa-t-elle.

— Mais que veux-tu que nous fassions, tous seuls ? se défendit-il.

— Nous pouvons certainement faire quelque chose, déclara Irène en l'embrassant et en le laissant planté là.

Gabriella l'attendait pour déjeuner, et maintenant plus que jamais, elle devait lui parler en privé.

20

Sœur Aurélie régnait en cuisine, donnant des ordres à la toute menue Sœur Rita, la jeune Philippine chargée de servir à table. Le préfet de la bibliothèque vaticane, l'évêque Vittore Virgili s'était finalement décidé à donner un dîner : l'élection du nouveau pape l'avait si profondément déprimé qu'il ne voulait plus voir personne. Mais du jour au lendemain, il avait invité à dîner quatre cardinaux et deux évêques, de vieux amis qu'il fréquentait auparavant régulièrement.

— De quoi parlent-ils ? demanda Sœur Aurélie à Rita lorsqu'elle revint remplir la soupière pour resservir le bouillon de tortellini.

— Don Vittore se plaint de l'IOR, de la vente de la bibliothèque de l'*Enciclopedia cattolica*, il me semble.

— Ah bon, comme d'habitude, rien n'a changé, observa Aurélie, rassurée.

Sa tranquillité allait être de courte durée. En rapportant la soupière vide, Rita l'informa qu'à présent ils parlaient de femmes.

— Comment ça de femmes ? s'exclama la vieille sœur, stupéfaite.

— Oui, je ne sais pas trop, ils parlent de charges et citent des noms de femmes.

La jeune Philippine connaissait mal l'italien, Sœur Aurélie décida alors d'aller vérifier par elle-même. Elle mit le rôti sur un grand plat disposant les légumes tout autour et les pommes de terre nouvelles au centre en forme de dôme et remit le plat à Rita en l'exhortant, comme d'habitude, à ne pas le faire tomber ; puis elle se cacha derrière la porte entrouverte en tendant l'oreille.

— Ça n'arrivera jamais, vous pouvez en être certains ! vociféra quelqu'un d'une voix indignée.

— Il faut empêcher cela à tout prix ! marmonna Pontal, le vieux cardinal français.

— C'est bien pour cela que nous sommes réunis ici, commenta l'un des convives.

— Il faut immédiatement organiser une réunion générale, insistait Pontal.

Le jeune évêque Remouar essaya alors de lui expliquer, en français, qu'une telle réunion rassemblant tous les cardinaux risquerait d'éveiller les soupçons du pape qui, à Dieu ne plaise, demanderait à y participer. Il serait de très loin préférable de planifier une série de dîners avec peu d'invités, sans se faire remarquer, pour échanger des informations et éventuellement prendre des décisions.

Avant de devenir responsable de la cuisine de l'évêque, Sœur Aurélie avait longtemps été missionnaire en Tunisie, elle parlait donc parfaitement le français. Elle comprit donc que quelque chose de grave se tramait contre le pape. Venant de son évêque, elle ne s'y attendait pas! Elle le savait hostile à Ignace, il ne s'en cachait d'ailleurs pas, mais pas au point de participer à un complot! D'autre part, elle ne voyait pas le rapport avec les femmes. Pendant ce temps-là, les invités de plus en plus énervés énuméraient des noms de femmes, non italiennes, dont elle n'avait jamais entendu parler. En vérité, les seules femmes qu'elle connaissait au Vatican étaient celles qui servaient les membres de la curie dont ils parlaient avec hypocrisie, les nommant « ma famille ». Un peu à contrecœur, Aurélie s'éloigna : il fallait, avant de servir le dessert, le garnir au dernier moment avec la crème chantilly et les fraises des bois et Rita, la pauvre, n'avait pas l'art de ces décorations élaborées.

À présent, Sœur Aurélie était non seulement intriguée mais aussi inquiète. C'est pourquoi, malgré ses difficultés à marcher à cause d'un genou mal en point, d'un poids excessif et des douleurs d'arthrose, elle alla personnellement faire les courses à l'Annona. Ce supermarché du Vatican bien achalandé était l'endroit idéal pour rencontrer les autres sœurs-servantes dans le but de les alerter et de les associer à ses recherches.

Elle rencontra alors Esther, une laïque consacrée que le cardinal Ribeira, le préfet pour la doctrine de la foi, exploitait honteusement : comme il faisait l'éloge de la parcimonie et se plaignait des dépenses excessives, il la contraignait à le servir, à la fois comme unique cuisinière et femme de chambre, dans un immense appartement où il recevait des invités à dîner presque tous les soirs.

— Neuf, il m'en a invité neuf ce soir et il ne me l'a dit qu'il y a une heure ! s'écria Esther après l'avoir saluée.

— Ma pauvre, comme je te plains ! Ta vie est vraiment pénible, tu es une véritable martyre, lui dit Aurélie tentant de l'apaiser, mais écoute-moi bien, je suis venue jusqu'ici, et crois-moi mon genou me fait souffrir de jour comme de nuit, parce que je voulais te faire part de ce que j'ai appris en écoutant les conversations des invités au cours du dîner d'hier soir : je n'en sais pas plus, mais j'ai l'impression qu'on complote contre le pape. Dieu nous en garde ! Pour l'instant, je n'ai entendu étrangement qu'une liste de noms de femmes... Bon, toi essaye d'écouter ce qu'ils disent, de comprendre de quoi ils parlent et après viens m'en parler. Dis-le aux autres : nous devons toutes ouvrir les oreilles en faisant bien attention à ne pas nous faire remarquer. Malheur à toi s'ils s'apercevaient que tu les écoutes quand tu sers à table !

— Tu parles ! Il n'y a aucun risque, le cardinal ne me voit même pas. Pour lui, je ne suis que deux mains qui s'activent.

— Ils pourraient quand même avoir des soupçons en te voyant plantée là à écouter.

— Ça m'étonnerait, je suis à son service depuis dix ans et jamais personne ne m'a regardée, ni même vue !

21

Ce soir-là, Esther ouvrit les yeux, et les oreilles! Entre ses allers-retours de la cuisine à la salle à manger, elle put réussir à suivre une discussion particulièrement enflammée. Le cardinal Sartini fut, à son insu bien sûr, d'une grande aide: ayant participé au dîner de la veille, il fit aux invités un compte rendu détaillé de ce qu'ils avaient appris. Apparemment, le pape Ignace avait l'intention de confier une mission très importante, on ne savait laquelle, à une femme et il était déjà en train d'étudier des candidatures; ils avaient déjà réussi à connaître certains des noms. Puis, le cardinal illustra le détail de leur projet: il s'agissait de fabriquer des dossiers rapportant des calomnies qu'ils rendraient publics au moment des nominations, faisant échouer le choix du pape.

Le lendemain, à la sortie de la première messe de la paroisse Santa'Anna, via di porta Angelica, Esther retrouva toutes les cuisinières et les femmes de ménage des membres de la curie, laïques et religieuses, et les mit au courant. Elles convinrent d'une prochaine réunion pour pouvoir échanger les informations que chacune d'entre elles pourrait entendre durant les dîners de leur cardinal respectif. Leurs fréquents conciliabules du petit matin purent se dérouler dans l'indifférence générale (« des histoires de femmes ») mais leur anxiété ne diminuait pas : elles ne savaient que faire de leurs informations. Qui aurait pu croire aux affirmations d'un groupe de domestiques ? Mais en revanche, on croirait certainement aux propos des cardinaux, ça oui !

Une idée vint à Violet, une jeune théologienne venant du Niger, qui, pour payer ses études à la Grégorienne, travaillait comme cuisinière et femme de chambre au service d'un cardinal. Il suffisait d'enregistrer les conversations des convives puis de les faire écouter. À qui ? Elles y réfléchiraient plus tard.

Les sœurs servantes avaient toutes un budget pour la gestion de la maison, elles retirèrent des petites sommes d'argent pour ne pas attirer l'attention.

Violet put ainsi acheter un enregistreur minuscule mais très efficace à utiliser pendant les dîners du préfet de la Congrégation pour l'évangélisation des peuples, chez qui elle travaillait. L'habituel centre de table était une petite fougère placée dans un pot en argent tressé dont la trame était plutôt large ; le préfet, détestant l'odeur des fleurs à table, avait opté pour une fougère inodore et décorative. Après avoir mis la table pour huit invités, Violet extirpa sans remords la pauvre fougère de la terre et plaça l'enregistreur sous les légères feuilles tombantes qui ne risquaient pas d'altérer les voix. En tout cas, c'est ce qu'elle espérait ; quand tout le monde fut assis, après avoir posé le plat en argent avec le risotto à côté de l'un des invités, en prétendant arranger les feuilles de la fougère, elle retint son souffle et appuya discrètement sur la touche *on*, en implorant l'aide du Seigneur.

Au début du dîner, la conversation ne fut pas celle qu'elle attendait. Les cardinaux échangèrent quelques plaisanteries au sujet d'un jeune garde suisse qui avait révélé sa relation avec un steward de Japan Airlines : on venait de lui refuser la promotion qu'il attendait, ce qui l'incita à faire son *coming out*. Violet était sur des charbons ardents, craignant que la bande de l'enregistreur ne se termine avant que ne commencent les conversations vraiment intéressantes.

Ce n'était pas un hasard si les conversations languissaient ce soir-là. Les participants, un peu mal à l'aise et sur la défensive, se dévisageaient : c'était la première fois que s'asseyaient à la même table les représentants des deux coalitions de la curie qui s'affrontaient sans cesse depuis des années. Le maître des lieux, le cardinal Pepuys, que tous nommaient le « pape rouge » en raison des importantes sommes d'argent qu'il gérait, appartenait à « l'ancienne » curie. De braves religieux, assez malins pour faire rapidement carrière, bien prêts à consacrer leur vie au bien de l'Église, lorsque cela coïncidait avec leur idée de bien. Et ce bien, il fallait à tout prix et par tous les moyens le préserver, ils en étaient convaincus.

Face au préfet Ribeira était assis le cardinal Prandini, qui avait pendant des années présidé la conférence épiscopale, un homme sans scrupules, leader reconnu d'un insolent lobby gay : des prélats fourbes, instruits et exclusivement intéressés à accroître leur pouvoir personnel et leurs biens. On ne savait pas trop s'ils étaient devenus gays pour monter en grade ou bien plutôt si le fait d'oser afficher sans pudeur leur penchant était un moyen de souligner leur pouvoir : « Nous sommes intouchables », semblaient-ils dire.

Ces deux camps distincts et adverses étaient désormais prêts à s'allier, événement jusqu'alors impensable, contre un ennemi commun, simplement pour défendre leurs privilèges et leurs convictions.

Pragmatique comme à son habitude, Prandini entra finalement dans le vif du sujet. Il se demandait, et il demanda à tous, si parmi les candidates choisies par le pape, il y avait la théologienne italienne qui se battait depuis des années en faveur du sacerdoce féminin. Dans ce cas, l'éliminer n'aurait pas été difficile puisqu'elle avait depuis longtemps une liaison avec le recteur de sa faculté, un abbé d'une grande érudition. Les convives l'exclurent immédiatement : le pape, c'était évident, cherchait une femme d'action, une femme de tête, sans ombres dans sa vie privée et dotée d'un immense courage.

Prandini reconnaissait qu'il était difficile, mais pas impossible de fabriquer de fausses rumeurs, mais lui savait comment s'y prendre, ajouta-t-il en regardant les invités dans les yeux. Il suffisait d'utiliser, c'est le mot qu'il employa, un quelconque prêtre du diocèse de la candidate en question. Ses invités n'eurent aucun mal à le croire ! Il avait personnellement administré le fleuve d'argent qui arrivait à la conférence épiscopale italienne provenant du « huit pour mille[1] » et il s'en était servi pour créer dans le Tiers-Monde un réseau de pasteurs prêts à tout, même à se taire. Oui, parce que Prandini était au courant de tout ce qui se passait là-bas contre la morale, contre la religion et… contre les femmes, dont nombre d'entre elles, les plus malchanceuses étaient des religieuses. Le cardinal était parfaitement au courant de toutes les abominations qu'elles subissaient. Le flux régulier d'argent liquide avait renforcé le pouvoir des évêques en leur permettant de fonder de nouvelles congrégations de sœurs préposées à s'occuper de leur personne, à cuisiner, à faire leur ménage, à nettoyer, laver, repasser et recoudre leurs vêtements. En un mot, des sœurs-servantes qui avaient en commun avec les esclaves

1. Part de l'impôt sur le revenu en Italie destinée à un certain nombre de cultes et qui bénéficie surtout à l'Église catholique.

modernes un autre rôle, le plus odieux et humiliant : subir, sans se rebeller, les attentions sexuelles de leurs « patrons » ; il s'agissait en fait de véritables viols. Celles qui tombaient enceintes étaient immédiatement expulsées avec l'accusation de s'être offertes à quelqu'un de l'extérieur. Les rumeurs racontaient des histoires épouvantables qui se terminaient par le suicide de ces pauvres filles. Lorsque l'évêque décédait ou perdait sa charge, ses ressources financières disparaissaient, la congrégation était dissoute et les sœurs finissaient sur le trottoir.

L'Église serait dans de beaux draps si le Vatican prenait connaissance de tout cela et surtout de la conduite des prélats, et il arrivait qu'il s'agisse de hauts prélats ! Mais Prandini se taisait, ce qui lui permettait de passer à la caisse quand il en avait besoin. Il avait ainsi créé un réseau d'alliés totalement soumis, prêts à influencer le conclave, du moins l'espérait-il. Mais quelque chose avait mal tourné et il n'avait pas réussi à devenir pape. Le cardinal du Guatemala avait surgi de nulle part et bouleversait à présent tous ses projets de réformes.

Bien entendu, Prandini était encore très puissant, et s'il décidait d'utiliser les siens, se disaient les invités pleins d'espoir, rien n'était plus facile que d'éliminer la Coréenne, la Philippine ou l'Africaine ; il suffisait d'inventer une liaison ou un avortement ou même une lettre laissant supposer l'hérésie… En revanche, il était impossible d'établir un dossier de détournement de fonds puisque les femmes n'y avaient en général pas accès, alors qu'une accusation d'hérésie était tout à fait plausible.

À la fin du dîner, Violet, le cœur en émoi, retira l'enregistreur. Puis, après avoir rangé la salle à manger et la cuisine, elle put finalement s'enfermer dans sa chambre pour écouter la bande : le son était net et les paroles presque toutes intelligibles.

22

Le problème était maintenant de choisir la personne à qui confier cet enregistrement, une personne qui saurait quel usage en faire. Et c'était urgent car le prochain consistoire aurait bientôt lieu et le pape choisirait certainement cette occasion pour annoncer sa décision.

Violet dressa l'inventaire des personnes en qui elle pourrait avoir confiance. Elle pensa aux théologiennes favorables au sacerdoce féminin ; c'étaient bien des féministes, mais qui n'avaient aucun sens de la réalité et elles auraient immédiatement divulgué le contenu des précieux enregistrements dans leurs bulletins d'information qui étaient importants pour elles mais que personne ne lisait. Elle écarta vite cette idée vouée à l'échec qui, en plus, risquait d'alerter les cardinaux ! Pitié, non !

Il fallait arriver à mobiliser la presse et tous les médias. Mais aucun journaliste n'aurait pris au sérieux des révélations aussi choquantes qu'improbables faites par les domestiques du Vatican. Aucun journaliste ne se serait déplacé pour assister à une conférence de presse de servantes inconnues, si elles arrivaient à l'organiser.

Elles avaient besoin d'une personne avec les bons contacts dans certains milieux, courageuse et déterminée, et la seule, se dit Violet rassurée, c'était Irène Cesi, sa fidèle amie. C'est à elle qu'elle allait s'adresser. Elle ne lui avait pas encore parlé de ces enquêtes, des femmes impliquées dans cette affaire, par égard pour son frère. Mais elle savait d'ores et déjà qu'Irène serait des leurs ayant bien souvent discuté ensemble de ces problèmes-là. Maintenant, il fallait qu'elle rejoigne le groupe et accepte de le guider : le matériel qu'elles avaient en main était trop explosif, et les desseins des cardinaux étaient si menaçants qu'il fallait tout de suite les neutraliser. Quant au médecin du pape, Violet décida de ne pas trop s'en faire, même si c'était le frère d'Irène.

C'était cette dernière qui, à la demande d'un ami commun, un prêtre, l'avait aidée à améliorer sa connaissance de l'italien, indispensable pour suivre ses cours à la faculté, et cela sans lui donner des cours proprement dits, mais en conversant, en parlant un peu de tout. Violet progressant rapidement, leurs rencontres ne furent plus nécessaires, mais toutes deux avaient pris goût à ces échanges : elles parlaient de l'Église et de la condition féminine, sujets qui les passionnaient. Pour la remercier de sa gentillesse, Violet avait proposé à Irène de l'aider pour les travaux ménagers. Irène accepta, surtout parce qu'elle voulait que son amie puisse toucher une rétribution dont elle avait grand besoin, puisqu'elle ne percevait chez son cardinal qu'un salaire de misère.

Violet venait deux fois par semaine, lorsqu'elle pouvait se libérer des cours et du travail chez le cardinal. Irène n'étant pas du genre à se faire servir, elles partageaient les tâches ménagères avant de s'asseoir pour parler de ce qui les intéressait, étant toutes deux des femmes intelligentes et passionnées. Lorsqu'elles étaient libres, Violet restait dîner chez Irène et il leur arrivait d'aller ensuite au cinéma à l'avant-dernière séance.

Au moment où Violet, très excitée par les enregistrements qu'elle avait dans son sac arriva devant l'immeuble d'Irène, elle aperçut Gregorio qui en sortait et s'éloignait en marchant péniblement. Désormais, tout le monde savait qu'il était devenu l'unique interlocuteur du pape. Violet se demanda s'il avait eu vent de quelque chose et s'il avait pu se confier à sa sœur. En tout cas, il avait l'air plutôt triste et soucieux, remarqua-t-elle.

En fait, ce qui préoccupait Gregorio, c'était le souvenir de sa rencontre de la veille avec La Manna dont la simple vue l'indisposait profondément. Il ne pouvait oublier la façon dont le chef de la gendarmerie avait minimisé l'agression dont il avait été victime en la réduisant à une attaque d'un petit délinquant de quartier. En sortant du Petriano, il avait croisé par hasard La Manna qui lui demanda s'il comptait participer au dîner du secrétaire d'État.

Un dîner privé réunissant des niveaux de pouvoirs aussi hétérogènes, était-ce vraiment possible ? Quelles étaient la finalité et l'utilité de la présence de La Manna – quoique ami et protégé du secrétaire d'État – à une réunion même informelle de cardinaux ? Certes, on espionnait le pape, mais le chef des gendarmes et – Dieu nous en garde – Don Pietro étaient-ils impliqués comme Irène le lui avait suggéré ?

Gregorio avait du mal à imaginer que, dans ce cocon douillet où il s'était réfugié, puissent se cacher des traîtres, peut-être même des assassins. Pourtant, songeait-il, en un sens, lui aussi trahissait : le pape était persuadé qu'il était dans son camp et approuvait les réformes alors qu'il les désapprouvait les jugeant extrêmement dangereuses pour la stabilité et le prestige de l'Église. Il n'avait malheureusement pas le courage d'objecter quoi que ce soit quand Ignace lui exposait une nouvelle idée et il se limitait à acquiescer promptement.

23

IRÈNE en eut le souffle coupé : les enregistrements révélaient des faits d'une gravité sans précédent, il fallait au plus vite les rendre publics. Cela étant, elle s'inquiétait énormément pour Violet :

— Si ces enregistrements sont rendus publics, tu cours un risque énorme.

— Pas « si », mais « quand » tout le monde en prendra connaissance ! Parce qu'il va falloir la faire exploser, cette bombe ! Sinon on se retrouvera vraiment dans de beaux draps, crois-moi Irène ! En tout cas, moi, je suis dans tous mes états !

— Mais on saura tout de suite que c'est toi qui les a fait, ces enregistrements, tu étais la seule dans la pièce à pouvoir tourner autour de la table en faisant le service et en plus la nourriture arrivait par le monte-plats, tu n'es jamais sortie de la salle à manger… Tu te mets vraiment en danger, tu t'en rends compte ?

— Oui, je sais, mais sache que je n'ai peur de personne.

— De personne, je sais, tu es une femme très courageuse… Mais nous savons de quoi ces gens-là sont capables, ils sont féroces. Tu en as la preuve dans tes enregistrements !

— Advienne que pourra, je n'ai rien à perdre de plus que ce que j'ai déjà perdu. J'ai été assez humiliée comme ça : j'ai trop longtemps subi en me taisant, maintenant je dois parler !

— Parler de quoi d'autre, pour l'amour de Dieu ?

— Voilà : il y a des choses qui me concernent dont je ne t'ai encore jamais parlé qui datent de la fin de mon noviciat.

— Tu veux dire quand tu étais encore au Nigeria ?

— Oui, au couvent des Petites sœurs de Marie vierge et mère.

— Attends, reprends-toi et bois un verre d'eau. Tu es trop bouleversée, je déteste te voir dans cet état-là.

— Merci, je n'ai besoin de rien, écoute-moi plutôt. Il y avait l'évêque, un Congolais, qui avait demandé une Sœur à son service. La supérieure lui avait envoyé sœur Benedetta, assez âgée mais vigoureuse et habituée à travailler, en plus excellente cuisinière.

— Et lui, il était âgé ?

— Non, il avait au maximum 60 ans, je suppose. Il venait souvent célébrer la messe et déjeuner au couvent ; il disait que passer du temps en notre compagnie le réconfortait et l'aidait dans sa mission. Ce qui nous remplissait de fierté. Un beau jour, alors qu'il passait en revue comme d'habitude la file des religieuses pour les bénir une par une, il s'arrêta plus longuement devant moi. Quelques heures plus tard, la supérieure m'informa qu'il avait demandé que je vienne à son service avec Sœur Benedetta qu'il trouvait un peu trop vieille et fatiguée. Il n'y avait pas d'excuse valable : on obéit à un évêque ! La supérieure m'accompagna le lendemain à l'évêché en insistant pour que je dorme dans la chambre de Sœur Benedetta, bien que l'évêque m'en ait proposé une pour moi toute seule. Ce n'est que plus tard que je compris pourquoi.

— Je n'ose pas imaginer ce que tu vas me raconter.

— Ose ! Ose même imaginer le pire ! Parce qu'il a commencé à me demander de lui apporter après le dîner une infusion ; il y rajoutait chaque fois un petit verre de cognac qui l'aidait à digérer, disait-il. Puis les verres devinrent deux et ensuite trois. Et un soir, il m'a fait poser la tisane sur la petite table à côté du divan et il m'a demandé de fermer la porte à clé, pour éviter un courant d'air avec la fenêtre ouverte, « pour que je ne prenne pas froid ».

— Prévenant, le salaud !

— Ah oui, un vrai salaud et violent en plus ! Car quand il s'est jeté sur moi, j'ai compris ce qu'il voulait et j'ai essayé de toutes mes forces de me libérer mais il était plus fort que moi ; à force de gifles, il m'a fait saigner du nez.

— Mon Dieu ! C'est arrivé plusieurs fois ?

— Disons qu'il a demandé d'autres infusions...

— Mais tu ne pouvais pas en parler à Sœur Benedetta ou à la supérieure ?

— J'ai bien essayé, mais quand je rentrais la nuit en tremblant, Sœur Benedetta dormait profondément ou bien faisait semblant de dormir. Quant à la supérieure, je craignais qu'elle ne me dise que c'était de ma faute, alors je lui en ai vaguement parlé, un peu confusément mais elle n'a pas eu l'air d'avoir envie de savoir pourquoi j'étais si troublée et paniquée. Pourtant, à un certain moment, elle a vraiment dû savoir, quand Sœur Benedetta est allée lui dire que je ne lavais plus mes serviettes périodiques et que je n'avais donc plus mes règles. La supérieure me convoqua et m'accusa de choses terribles. Quand j'essayais de lui expliquer qui était fautif, elle se boucha les oreilles en criant que je ne faisais qu'empirer mon cas : l'évêque était un homme de Dieu, influent et respecté de tous, il n'y avait donc aucun doute : c'était moi qui l'avais induit en tentation.

— Mon Dieu ! J'y crois parce que c'est toi qui me le dis ! Qu'as-tu fait après, ma pauvre amie ?

— Je ne savais pas quoi faire et j'étais enceinte de presque deux mois. Mais la supérieure, elle, savait bien quoi faire. Elle m'a emmenée dans une clinique et m'a faite avorter, avec l'argent de l'évêque, évidemment : notre congrégation était très pauvre et les avortements clandestins coûtaient très cher... Quelques jours plus tard, quand je me suis rétablie, elle m'a annoncé qu'elle ne pouvait me faire revenir au couvent car j'aurais corrompu les autres religieuses. Elle menaçait de me chasser puis mes larmes l'ont convaincue de me mettre dans un avion pour Rome car elle avait par bonheur la possibilité de me placer au service d'un puissant cardinal. Elle m'a donc expédiée le plus loin possible sans me laisser la possibilité d'avoir un quelconque contact avec mes consœurs, ne serait-ce que pour les saluer. On me fit partir en pleine nuit avant de me retrouver le lendemain dans un avion. Je me rappelais alors d'une consœur, assez jeune, qui avait disparu du jour au lendemain, sans nous saluer. Probablement à cause des tisanes, elle aussi.

— Comment ça s'est passé chez le cardinal ?

— Il m'a fait travailler très dur, comme tu le sais, mais il m'a permis d'étudier. J'ai pu grâce à lui m'inscrire à l'université pontificale urbanienne sans avoir à payer de frais de scolarité ; et maintenant que j'ai obtenu mon diplôme, je suis en train de préparer un doctorat en théologie. Ces études m'ont remplie de joie et de courage aussi. Et au moins avec lui, je ne cours aucun danger : il est gay.

Irène comprit immédiatement que ce que Violet lui avait confié avait vraiment la puissance d'une bombe qu'il fallait vite faire exploser de la manière la plus efficace possible pour éviter de rendre vains les efforts de ces femmes si courageuses.

Il fallait d'abord transcrire ces enregistrements, en ajoutant après chaque intervention le nom du cardinal qui parlait, pour permettre à qui consulterait ce matériel de s'orienter et de comprendre la gravité de ce qu'il lisait. Irène décida de les transcrire elle-même, c'était plus sûr, puis de demander à Gabriella ce qu'elle en pensait. Elle connaissait tous les cardinaux et très certainement aussi les candidates. Et puis, il faudrait comprendre à quelle importante charge le pape destinait l'élue. Irène était sûre que Gregorio le savait mais que, bon confident, il ne révélerait rien, pas même à elle.

Deux jours plus tard, rentrant d'une de ses missions transocéaniques, Gabriella vint dîner chez Irène. En écoutant, abasourdie, les enregistrements, elle put faire le lien avec une série d'événements auxquels elle n'avait probablement pas donné la juste importance.

— Alors voilà pourquoi le secrétariat d'État m'a récemment transmis des demandes pressantes d'informations concernant trois de ces femmes ! Moi, je leur ai bien entendu fourni tout le matériel disponible : des personnes remarquables, j'en connais personnellement deux, des femmes de grande valeur, bien que sans aucune expérience de l'univers curial. Ma foi, je me demande comment elles pourraient survivre dans ce nid de vipères. La seule qui pourrait peut-être se débrouiller, c'est Teresa Yo Won, la Coréenne. Elle a fait ses études à la Grégorienne avant de travailler à la secrétairerie d'État sur les relations avec le Japon et la Corée. Elle est aussi déterminée que prudente, quoique peu loquace, elle observe, analyse et juge en silence, toujours attentive comme si elle prenait mentalement note de tout… Tu vois le genre, non ? Elle était extrêmement efficace et faisait un excellent travail et pourtant elle a été renvoyée en Corée.

— Mais à ton avis, pour quelle importante charge pourrait-on la nommer ? insista Irène.

— Voyons voir : les cardinaux qui ont plus de 75 ans devraient donner leur démission, et ils sont nombreux ! Mais on a coutume de refuser ces démissions jusqu'à ce qu'ils atteignent l'âge de 80 ans. Et puis, il y a la charge de préfet de la Congrégation pour le culte divin et la discipline des sacrements, mais ce doit forcément être un religieux. Il y a aussi la charge de chef de la Congrégation pour la cause des saints, mais ça n'est franchement pas un poste de vrai pouvoir, pas de quoi motiver les intrigues des cardinaux. Et puis en dernier… mais j'ai du mal à y croire… il ne reste que la secrétairerie d'État.

— Et si on tentait d'y croire ? murmura Irène, alors qu'elle repensait aux terribles événements des mois passés.

— Ça m'a l'air impossible ! Et puis après tout, pourquoi pas ? En fin de compte, tu as peut-être raison, sinon toutes ces manœuvres des cardinaux, même au risque de se faire prendre, n'auraient aucun sens.

La voilà la grande révolution qu'Ignace avait à l'esprit, elles en étaient désormais persuadées, révolution qui préoccupait tant Gregorio…

— J'ai juré fidélité au pape, dit Gabriella, et je ferai tout mon possible pour l'aider, au risque de blesser des gens dont je suis proche et avec qui je travaille depuis des années. D'ailleurs, notre fondatrice avait prédit et même approuvé cette révolution. Je sais qu'elle envisageait très favorablement la nomination d'une femme cardinale. Soit dit en passant, nous croyons que c'était justement elle, la cardinale *in pectore* que Jean-Paul II allait désigner.

— Sérieusement, il serait capable de la nommer cardinale ?

— Bien sûr, pour lui donner le pouvoir dont elle aura besoin. Sinon, en tant que laïque, personne ne lui obéirait dans l'Église, même si elle devenait secrétaire d'État !

24

« Docteur, j'aurais besoin de vous parler en privé dès que possible, c'est urgent. »

Gregorio connaissait bien le jeune gendarme qui, à voix basse, lui avait demandé un rendez-vous alors qu'il se hâtait de sortir du Vatican. La mère du jeune homme, une femme tout à fait fiable, avait travaillé pendant des années au service de sa famille. C'est pourquoi il s'était donné beaucoup de mal pour que Pier Carlo Viti soit embauché au Vatican. La première pensée de Gregorio fut que le jeune homme avait mis une fille enceinte, rien de plus facile. Il lui proposa de passer chez lui à la fin de son service mais Viti lui demanda une rencontre loin du Vatican, en proposant un rendez-vous deux heures plus tard au McDonald's d'un centre commercial sur la via Prenestina.

À 22 heures, Pier Carlo l'attendait déjà, caché sous un bonnet enfoncé sur le front jusqu'aux yeux. Gregorio n'avait aucune intention de l'aider s'il s'agissait d'un avortement. Au contraire, il se mordait déjà les doigts de s'être déplacé si loin et en pleine nuit.

Mais dès qu'ils furent assis devant un Coca-Cola, il comprit : « Docteur, vous savez probablement que je jouis de la confiance du commandant La Manna. De ce fait, depuis environ un an, il m'a confié la mission de classer tous les enregistrements qui sont faits, à leur insu, dans le bureau du pape et dans celui du secrétaire d'État... Au cas où... Vous savez. »

Ça alors, constata Gregorio, ce voyou de La Manna, qui se prétendait fidèle, épiait aussi le secrétaire d'État à qui il devait tout !

— Je ne devais pas écouter les enregistrements mais simplement noter la date et l'heure quand la bande se terminait. C'était d'un ennui mortel. Alors, je ne sais pas comment vous l'avouer, mais un jour, avant de classer une des bandes enregistrées dans le bureau du secrétaire d'État, eh bien j'en ai écouté un petit bout. C'était le cardinal Prandini qui lui hurlait des insultes...

— Alors qu'as-tu fait ? l'interrogea Gregorio, la gorge serrée.

— J'étais tellement surpris que j'ai copié l'enregistrement sur mon portable. Écoutez vous-même, dit Viti en lui tendant son iPhone.

Gregorio le colla à son oreille pour que leurs voisins de table ne remarquent rien puis il écouta.

« Cette histoire de dossiers, maintenant, c'est moi qui vais la gérer, scandait Prandini furieux, tu as déjà fait assez de bêtises comme ça : d'abord en envoyant La Manna voir ces deux lascars prêts à tout pour empêcher les enquêtes sur l'IOR. Et qu'ont fait ces deux-là ? Ils engagent une prétendue “professionnelle” qui le moment venu se fait repérer par ce crétin de médecin qui en plus, a sauté sur l'occasion pour jouer au héros. Ah, parlons-en de celui-là ! On ne sait jamais de quel côté il est ! Et toi qui disais qu'on ne nous aurait jamais démasqués et que Daech aurait revendiqué l'attentat, comme d'habitude, même quand ils n'ont rien à voir. Le seul résultat de tes manigances, c'est que le pape est encore plus populaire qu'avant. Toutes mes félicitations ! Alors maintenant, je prends les choses en main : il faut arriver à faire échouer sa dernière lubie. En revanche, après, ce sera moi qui occuperai ta place, que ce soit clair. L'âge importe peu en cas d'urgence et ça c'en est une, plus urgente que tout ! »

Gregorio était bouleversé ; c'est vrai qu'il avait eu des doutes, mais pas au point d'imaginer qu'un brave prélat, leur Don Pietro, puisse arriver à organiser l'assassinat du pape pour empêcher des réformes. Certes, Don Pietro avait depuis longtemps décidé d'assumer le rôle de défenseur de la tradition, comme s'il se sentait investi d'une mission divine, mais de là à faire équipe avec des personnages du genre de Rigamonti ou Gualandri ! Il réalisait maintenant pourquoi Chantal, quel que soit son vrai nom, semblait faite sur mesure pour lui : le cardinal le connaissait depuis toujours, avec ses points faibles et ses fragilités.

« Je fais quoi de tout ce matériel, docteur ? Je remets tout à la police ou je me tais ? Mais si je me tais, j'assume une drôle de responsabilité ! », dit Pier Carlo en attendant ses instructions.

Il était évident que les conseils que Gregorio lui donna reflétaient sa personnalité : « Ne fais rien et tais-toi. Ouvre l'œil mais ne t'expose pas. De plus, la police n'a pas juridiction au Vatican, tout se saurait et tu perdrais ta place. Si tu as quelque chose d'urgent à me dire, fais-moi signe comme tu l'as fait ce soir et nous nous retrouverons ici. »

25

IRÈNE avait fixé une rencontre avec Violet, en présence de Gabriella : le projet était prêt, il avait été annoncé au dîner de la veille.

— Donc le pape annoncera la nomination pendant le consistoire, observa Gabriella.

— Oui, c'est exact, et voilà ce qu'a dit Prandini hier soir : au moment de la nomination, le porte-parole du pape, qui est leur complice, improvisera une conférence de presse en expliquant pourquoi la femme choisie par le pape pour révolutionner la curie est indigne de la charge.

— Et là, il faudra attendre des lustres avant que…

— Alors là, tu peux en être sûre ! C'est pour cela qu'il faut aller vite. Ces enregistrements sont une preuve décisive mais il faut aussi essayer de faire le plus de bruit possible, et nous aurions quand même besoin d'autres témoignages, dit Irène.

— Il y a bien ceux des servantes des autres cardinaux.

— Je doute qu'elles aient le courage de parler en public, objecta Violet.

— Alors qu'elles fassent toutes des déclarations signées que nous lirons nous-mêmes, conclut Irène.

Le problème, c'était la conférence de presse. Les vaticanistes se trouveront tous dans le bureau de presse du Saint-Siège pour suivre le consistoire et pour écouter le traître de porte-parole.

— Eh bien, nous devons nous aussi organiser une conférence de presse à la même heure, mais je ne vois pas trop qui pourrait y venir, dit Gabriella.

— On verra ce qu'on peut faire, répondit Irène, qui avait déjà une idée en tête.

Dès le lendemain, elle alla à l'hôtel Minerva pour parler à Franco de Nitto qui venait d'arriver pour sa visite mensuelle à sa rédaction. Il était très pressé : ses journalistes menaçaient de faire deux jours de grève et il fallait résoudre le problème au plus vite. Au début, il l'écouta distraitement, puis il lui lança :

— As-tu perdu la tête ? Tu veux organiser une conférence de presse avec les domestiques du Vatican ? Tu attends de moi que j'éloigne les vaticanistes du consistoire ? Mais tu rêves ? Il n'en est pas question !

— Je n'ai pas besoin des vaticanistes, au contraire ! À vrai dire, ils ont souvent la grosse tête et se prennent eux-mêmes pour des cardinaux ! Non, il me faut un seul journaliste, mais un bon…

— Dis-moi au moins de quoi il s'agit.

— Fais-moi confiance. Tu dois juste savoir, qu'au Vatican, un complot venant des plus hautes sphères a été organisé pour tendre un piège au pape : un fait d'une gravité inimaginable.

De Nitto était déconcerté, mais aussi très tenté. Il connaissait Irène depuis des années et la tenait en grande estime. Et puis, même si elle n'était pas aussi conformiste que son frère, elle n'était jamais allée jusqu'à parler en ces termes de ce qui se passait au Vatican.

— Franco, nous sommes amis depuis une éternité, aie confiance en moi. Je ne t'ai jamais rien demandé. Mais là, j'ai besoin que tu fasses au moins circuler la rumeur que des sphères les plus basses du Saint-Siège arrivera une dénonciation qui touchera les plus hautes sphères…

— Bon d'accord, je t'envoie un journaliste, à moins que tu ne préfères une journaliste…

— C'est pareil, envoie-moi qui tu veux.

— Tu me diras où.

C'est Gabriella qui s'occupa du lieu qui devait se trouver le plus près possible du Vatican. La propriétaire de l'hôtel de la via Vitelleschi faisait partie du mouvement des Focolari, et elle fut ravie de mettre une salle à disposition.

Le lendemain matin, à 7 heures, de Nitto informa Irène qu'il viendrait à l'hôtel vers midi, par curiosité… Qui sait, il pourrait peut-être leur donner un coup de main, se dit-elle. En se préparant, elle pensa à Gregorio : elle ne lui avait rien dit pour ne pas lui causer du tort et aussi pour éviter qu'il ne s'en mêle. Mais aujourd'hui, il saurait. Aurait-il compris qu'elle agissait dans la ligne de la tradition familiale par fidélité au pape ? Elle avait des doutes… Il était trop timoré, et ne se serait inquiété que du battage médiatique, du scandale.

Gabriella en revanche, pleine de courage, avait décidé de s'asseoir à côté d'elle et de Violet pendant la conférence de presse, ce qui signifiait risquer son poste qui était l'un des plus importants jamais occupé par une femme à la curie.

Elles débutèrent toutes les trois cette matinée décisive en allant prier très tôt à l'église Santa-Maria-Sopra-Minerva devant le corps de sainte Catherine de Sienne. Les jours précédents, elles s'étaient déjà adressées à la sainte qui avait su s'opposer au pape et aux cardinaux, et que Paul VI déclara docteur de l'Église pour rappeler à tous que les femmes ont aussi contribué à forger la tradition chrétienne.

Les cardinaux avaient à leur tour prévu une conférence de presse, mais sans y prendre part, vu qu'ils seraient au consistoire. Elle serait improvisée par le porte-parole dès que le pape aurait fait son annonce-choc. Les cardinaux n'avaient toutefois pas totalement confiance en lui : c'était tout de même un laïc, bien que consacré et soumis à son vœu de chasteté. C'est pourquoi ils avaient décidé de lui adjoindre le doyen des cardinaux, le cardinal Stucchi qui ne participerait pas au consistoire en raison de sa santé précaire ; il garderait un œil sur lui, évitant ainsi tout risque de revirement. Les dossiers étaient en lieu sûr dans le coffre du porte-parole et il les montrerait le moment voulu aux journalistes.

26

DANS la salle de l'hôtel Santi Apostoli se trouvaient la journaliste envoyée par de Nitto, de Nitto lui-même et quatre journalistes qui avaient entendu des rumeurs concernant d'imminentes révélations. Curieux, ils étaient venus voir de quoi il s'agissait.

Ainsi qu'elles l'avaient décidé, Irène ferait l'introduction de la conférence de presse, puis Violet illustrerait par les témoignages et, en conclusion, Gabriella brosserait le sombre tableau de la situation.

« Une intrigue est en cours pour bloquer une réforme capitale et historique du pape Ignace. Nous sommes ici pour la dévoiler et la déjouer, nous sommes ici pour défendre le pape. »

Les regards s'étaient faits plus attentifs ; les journalistes ouvrirent leurs calepins et commencèrent à tapoter les premiers messages enthousiastes sur leurs téléphones portables. Franco de Nitto admira le courage et la détermination de sa vieille amie ainsi que le rôle actif et extraordinaire de ces femmes modestes reléguées depuis toujours au service des prélats et des cardinaux.

D'une voix qui au fur et à mesure gagnait de l'assurance, Violet lut les témoignages, révélant les violentes paroles que jamais un cardinal n'aurait dû prononcer contre le pape, et dévoilant une conspiration scélérate, même aux yeux d'un laïc.

Les journalistes se mirent à envoyer frénétiquement des messages à leurs rédacteurs en chef et les agences de presse publièrent sur le web, dans une « alerte presse », tout ce qui venait d'être dit.

À quelques pas de là, dans le bureau de presse du Saint-Siège, via della Conciliazione, ce fut le chaos le plus total ; après avoir lu sur leurs portables les communiqués des agences de presse, les journalistes commencèrent à réclamer le porte-parole du pape pour tenter de comprendre ce qui se passait, qu'il puisse confirmer ou démentir, ou au moins dire quelque chose.

Mais lui s'était barricadé dans son bureau, cloué devant son écran d'ordinateur en suivant les communiqués de l'ANSA[1]. Donc, on avait découvert le complot, se disait-il… Il ne pouvait s'en prendre qu'à lui-même s'il s'était embarqué dans cette aventure ; il trembla en pensant que le premier qui serait soupçonné, ce serait lui, un laïc. Il se demandait comment s'en sortir en maudissant le cardinal

1. L'ANSA, l'Agenzia nazionale stampa associata, est la principale agence de presse italienne.

Stucchi qui avait disparu sans lui indiquer la voie à suivre: fallait-il aller de l'avant? Cela lui semblait impossible: le fameux dossier qu'il devait rendre public venait d'être dévoilé au cours d'un coup de théâtre organisé par cette salope de Cesi, une intriguante, par cette Gabriella je-ne-sais-quoi et par ces misérables servantes. Maudissant son mauvais sort, il s'enferma à double tour dans son bureau; il apprit par l'ANSA que le pape, à la fin du consistoire, avait nommé la candidate coréenne secrétaire d'État en l'élevant immédiatement à la pourpre cardinalice.

À présent, tous les journalistes avaient quitté la salle de presse de la via della Conciliazione pour se rendre à l'hôtel Santi Apostoli, se bousculant pour approcher ces femmes encore prises de vertige à l'idée de ce qu'elles avaient osé faire, et pourtant, immensément fières d'avoir réussi leur pari.

Peu après, on apprit que Teresa Yo Won, qui avait toujours été l'unique candidate du pape Ignace, n'avait pas été prévenue, évitant ainsi, si son nom avait circulé, d'éventuelles réactions. Elle arriverait de Séoul deux jours plus tard.

27

Lorsque le pape lui téléphona personnellement pour lui communiquer sa décision, Teresa Yo Won se trouvait seule dans son bureau. Elle avait incliné la tête deux fois en signe d'acceptation, bien que personne ne puisse la voir, puis elle avait murmuré un « oui » imperceptible et n'avait plus prononcé un seul mot, pas même pour prendre congé de ses collaborateurs et des personnes de son entourage avec qui elle avait entretenu des rapports amicaux ; elle se limita à une légère caresse en les effleurant de ses petites mains fuselées, le regard sérieux. Elle avait surtout pensé au cours de ces journées à sa mère décédée onze ans plus tôt, priant sans cesse pour qu'on intercède pour elle.

Elle quitta Séoul et la sensation d'oppression et d'appréhension qui l'empêchait de respirer depuis deux jours se relâcha enfin pendant le vol ; lorsqu'ils atterrirent au bout de douze heures, Teresa Yo Won s'était ressaisie et avait récupéré son sang-froid. Ignace avait misé sur une femme forte, comme elle savait l'être, capable de porter sur ses épaules une double responsabilité : celle de sa condition de femme et celle, immense, que le pape voulait lui confier. Oui, elle était forte, mais aussi lucide donc bien consciente des difficultés qui l'attendaient.

Le choix d'Ignace avait été si radical et symbolique, qu'elle décida de débuter justement par les symboles, sachant pertinemment qu'ils recèlent l'essentiel. Elle se serait occupée à fond, mais plus tard, des autres questions comme celles qui avaient incité la curie à tramer contre le pape au point de concevoir le délirant projet de le faire assassiner.

Elle décida, pour le moment, d'occuper le bureau de ses prédécesseurs pour rendre évidente, de façon concrète, la portée du changement voulu par le pape par sa nomination. Elle choisit également de loger à la résidence Sainte-Marthe, seule à suivre l'exemple d'Ignace, en y prenant comme lui les modestes repas servis à la cantine qui avaient, soit dit en passant, une très mauvaise réputation.

Après avoir pris possession des lieux, elle entama toute une série d'entretiens individuels avec les cardinaux et les hauts représentants de la hiérarchie ecclésiastique. Chacun d'entre eux était convaincu qu'il lui serait facile de comprendre ce que la secrétaire d'État pensait et comptait faire. Mais, après de brefs préliminaires, elle restait de marbre en fixant chaque interlocuteur droit dans les yeux sans baisser le regard et sans dire un mot. Plus que des dialogues, ces entretiens devinrent des monologues. Chacun, embarrassé par ce silence impénétrable, se répandait en exhortations paternalistes à « agir avec prudence » et à « avancer avec circonspection ». À la fin de ces entretiens, ils étaient pour le moins atterrés.

28

Après cette funeste journée, Gregorio ne sortit plus de chez lui. La participation d'Irène au scandale qui avait submergé la curie, et donc ses amis, l'avait anéanti; toutefois, il ne voulut pas parler à sa sœur. Mais il était bouleversé par ce qu'il avait appris et très étonné que le pape ait affronté le scandale avec un calme imperturbable comme s'il s'y attendait. Ignace avait été mis au courant de tous les détails: il avait alors destitué, puni – le premier avait été Don Pietro – et puis pardonné!

Gregorio, en revanche, ne s'en remettait pas: son univers tout entier s'était écroulé. Une chose était d'admettre de s'être fait mener en bateau par une belle femme – il n'était ni le premier ni le dernier – mais autre chose était de voir s'effriter d'un seul coup tous les points de repère qui avaient réglé sa vie. La nomination d'une femme cardinale réduisait à néant des siècles de tradition sans qu'il y ait eu une situation d'urgence susceptible de justifier une telle décision, il en était profondément convaincu. Il venait de reprendre en main un livre offert par son père qu'il n'avait jamais lu attentivement, *Nikita Roncalli*[1]. Et si c'était là que tout avait commencé ?

Quelques jours plus tard, le pape le fit convoquer de toute urgence : cela faisait plusieurs jours qu'il n'avait pas mis les pieds au Vatican. En fin d'après-midi, la secrétaire d'État avait eu un malaise : son assistante l'avait trouvée à son bureau, haletante, au bord de l'évanouissement. Il attrapa sa mallette et se précipita au Vatican, craignant de ressentir un choc, mais il ne pouvait refuser.

Il constata immédiatement que Teresa Yo Won n'avait rien de grave : une simple arythmie due au stress. Quelques gouttes d'un anxiolytique réglèrent rapidement le problème et il put s'en aller. Il avait l'impression d'être emmuré dans un cauchemar, écrasé sous un poids insupportable. Il se mit alors à marcher sans savoir où aller, désorienté par ses propres réflexions. Était-ce réel ? Cette femme, assise dans le bureau qu'occupait autrefois Pacelli, hiératique et solitaire, Pacelli qui connaissait bien Montini, longtemps incompris de certains, dont il se rappelait l'intelligence subtile et l'inoubliable voix cassée : deux géants ! Et maintenant, la place était occupée par une femme inepte affichant une expression chevaline impénétrable. Une cardinale, rien que ça ! Et secrétaire d'État, en plus ! C'était

1. Franco Bellegrandi, *Nikita Roncalli. Biographie critique de Jean XXIII*, Saint-Rémi, Cadillac, 1994.

inimaginable, un véritable affront à l'Église tout entière et un coup de poing assez fort pour briser la tradition qui avait toujours été pour la famille Cesi un phare et un dogme.

Il finit par se retrouver dans la partie haute des jardins du Vatican, la lumière déclinait et il continuait à avancer sans but précis, levant parfois le regard vers le « cupolone ». Ce dôme lui avait toujours évoqué une grande mamelle, chaleureuse et réconfortante. Il était visible d'où que l'on regarde et, en vérité, disproportionné pour un État aussi petit que l'État pontifical. C'est pour cela, s'était-il toujours dit, qu'on pouvait en quelque sorte le considérer comme un symbole du magistère pontifical exercé dans le monde entier, et pas seulement dans le petit territoire limité par les murs du Vatican. Mais là, ce dôme lui apparaissait hostile et oppressant, une voûte destinée à masquer, bien en vain, pensa-t-il, un grave échec causé par les irresponsables décisions d'Ignace, les malversations de la curie et leur incapacité à gouverner la barque de Pierre dans la bonne direction.

La nuit était tombée, il continuait à avancer tout en récriminant et marmonnant à voix basse, sans savoir où il voulait aller. Il savait seulement où il ne voulait pas aller : il ne voulait pas rentrer chez lui n'ayant aucune envie de s'y retrouver tout seul et il ne voulait pas aller chez Irène, bien qu'elle l'attendait pour dîner : il n'avait aucune envie de discuter. Il n'avait pas remarqué Don Pietro qui, plongé lui aussi dans ses pensées, arrivait en hâte dans l'autre sens le long de l'étroit chemin.

— Éminence, Don Pietro, bafouilla-t-il gêné quand ils purent s'extraire de ce qui semblait être une accolade mais qui n'était en réalité qu'une collision accidentelle au cours de laquelle ils avaient dû s'appuyer l'un sur l'autre pour ne pas tomber.

— Tu peux aussi m'appeler Don Pietro ou bien ne pas m'appeler du tout, répondit celui-ci en indiquant la simple soutane qu'il portait désormais.

Après la brutale suspension de sa charge de cardinal, il allait être exilé dans le monastère le plus lointain de la Sicile occidentale.

— Que m'importe la manière dont on m'appelle. Nous avons échoué en tout et pour tout : ce n'est pas seulement notre bataille que nous avons perdu, nous avons tout perdu.

— Comment a-t-il été possible d'en arriver là, comment avez-vous pu, vous... ?

— Tu es vraiment naïf, pour ne pas dire autre chose ! Mais à ton avis, que devions-nous faire ? Rester plantés là les bras croisés ? Ou obéir à un utopiste visionnaire et irrationnel n'admettant aucune critique et ne s'arrêtant devant rien ? Un homme borné qui s'est obstiné à vouloir faire des réformes qui pouvaient nous détruire.

— Mais, Votre Éminence...

— Il n'y a plus rien d'éminent, arrête donc ! D'ailleurs, je me corrige : des réformes qui nous détruiront, il n'y a pas de doute à cela. Et maintenant cette idiote de Coréenne va se mettre à fourrer son nez dans l'IOR, la pauvre fille, comme s'il s'agissait de son diocèse de Séoul. Personnellement, je n'ai rien à craindre d'une enquête sur l'IOR parce que je ne m'en suis jamais servi, mais évidemment que j'étais au courant de tout, comme nous tous ! Tout va se savoir maintenant et on n'arrivera ni à étouffer le scandale ni même à l'atténuer : ça va être la ruine de l'Église. C'est comme pour les enquêtes sur nos confrères pédophiles et sur la haute hiérarchie : on avait eu bien raison de tout couvrir pour éviter les scandales !

Gregorio n'en croyait pas ses oreilles : ce ton, ce langage irrévérencieux, Pietro n'était plus l'ami de famille, le confesseur à qui ils s'étaient tous livrés avec confiance. Il était méconnaissable, quelle tristesse !

— Croyez-moi, Don Pietro, je suis convaincu qu'il y avait d'autres manières de…

— Mais c'était notre devoir ! Ne rien faire aurait été… Comment dire… ? Un véritable manquement au devoir.

— Ah non ! Je refuse de vous croire. D'abord l'attentat, puis ces ignobles dossiers et le scandale qui a suivi…

— Le scandale des dossiers : c'est la faute de ta sœur, et tu as sûrement dû jouer un rôle parce qu'elle n'aurait pas pu tout faire toute seule. Et puis ne prends pas cet air constamment scandalisé, mine de rien, toi aussi tu as ta part de responsabilité, qu'est-ce que tu crois ?

— Je n'étais absolument pas au courant du dossier des domestiques! Et pour tout le reste, vous le savez bien, je n'y étais pour rien... De quoi m'accusez-vous?

— De t'être mis en travers! Tu devais rester à ta place et surtout ne pas te jeter sur lui! Un héros non sollicité est un héros inutile et néfaste.

— Mais qu'est-ce que vous racontez? J'avais bien compris que dans ce complot il y avait la curie avec Rigamonti, mais je ne pouvais pas croire que vous en fassiez partie vous aussi pour assassiner le pape! Oui, vous, avec cet infâme La Manna, qui vous doit tout et que vous avez si bien formé. Lui qui commande le corps des gendarmes créé pour défendre le pape et qui complote avec vous pour l'assassiner!

— Mais non, Ignace ne devait pas mourir! Il devait seulement être blessé, pour qu'il comprenne qu'il devait s'arrêter avant de provoquer ce branle-bas de combat.

— Et puis, puisque nous parlons de fautes, parlons de vous, de ce que vous m'avez fait, Vous avez fouillé dans ma vie et vous m'avez fait piéger par cette femme; c'est de votre faute si je suis passé pour celui qui a introduit une criminelle au Vatican, et j'ai même failli y rester, d'ailleurs. Passons pour les autres, mais vous, au moins vous, vous n'avez pas pensé à moi, pas même une seconde?

— Non, je vais être sincère, je n'ai pas pensé à toi. À vrai dire, j'y ai pensé mais c'était négligeable.

L'individu ne compte pour rien, la politique ne le considère pas, elle ne tient compte que des objectifs.

— Alors, c'est de politique qu'il s'agit ?

— Bien sûr. L'Église est notre *polis*[1], une immense *polis*, mon cher Gregorio. Et tu crois vraiment qu'on aurait pris le risque de la voir plonger dans un énorme gouffre sans agir pour essayer au moins d'enrayer la catastrophe ? Crois-moi, je ne regrette rien, à part mon échec. Rien d'autre.

— J'en ai le souffle coupé, je ne sais pas quoi dire.

— Eh bien ne dis rien. Séparons-nous plutôt. Je déteste notre relation qui est devenue paradoxale. Réfléchis bien : nous voulions la même chose, sauver l'Église en préservant sa tradition et sa force séculaires. Mais moi, j'ai agi, toi non ; ou plutôt tu l'as fait, mais n'importe comment. Tout nous a séparés, seul le naufrage de nos certitudes et de nos espoirs nous réunit. Je crois que nous ne nous reverrons plus, c'est préférable pour tous les deux. Maintenant, va et laisse-moi seul.

Alors que Don Pietro s'éloignait, Gregorio entendit un craquement, puis un autre venant des branchages du bosquet. Est-ce qu'il y avait quelqu'un qui avait pu tout entendre ? Était-il là pour le suivre ? Pour suivre Don Pietro ? À moins qu'il ne s'agisse que d'un petit renard, se dit-il. Il

1. Terme venant de la Grèce antique, « cité-État », une communauté de citoyens libres et autonomes.

y en a au moins deux dans les jardins du Vatican, il en avait aperçu un pendant l'une de ses promenades du soir avec Ignace. Il commençait à pleuvoir mais il se remit en chemin en haussant les épaules, amorçant la montée de la partie haute, la moins fréquentée des jardins. Il avait complètement oublié Irène; il n'avait en fait aucune envie de l'appeler et d'ailleurs, même s'il l'avait voulu, il n'aurait pas pu car son portable était totalement déchargé.

Le lendemain, au petit matin, l'équipe des jardiniers trouva son corps au fond d'une profonde vallée herbeuse. Il était tombé de très haut: avait-il glissé en avançant sur l'étroit chemin couvert de boue? S'était-il laissé tomber ou bien quelqu'un l'avait-il poussé? Le nouveau commandant de la gendarmerie lança une enquête, enclin à croire qu'il s'agissait d'un malheureux accident.

29

QUAND la secrétaire d'État convoqua tous les cardinaux pour la réunion dont elle avait longuement discuté les thèmes avec le pape, ils eurent la désagréable impression que quelque chose de grave allait leur tomber dessus. Ils n'avaient pas oublié le pénible tête-à-tête avec leur imperturbable interlocutrice.

Teresa Yo Won parla avec fermeté, d'une voix rauque et sans accent, comme c'est souvent le cas lorsqu'une personne s'exprime dans une langue qui n'est pas sa langue maternelle mais qu'elle maîtrise à la perfection.

« Tout au long de votre grande expérience pastorale, vous avez certainement appris qu'il est plus facile de rencontrer le Seigneur dans des lieux désespérés et pauvres que dans des lieux riches et privilégiés. »

Les cardinaux acquiescèrent d'un air contrit, l'un caressant sa croix pectorale, l'autre son anneau épiscopal en or, pendant qu'elle poursuivait : « Voilà, je veux que vous sachiez que ma mission sera consacrée au service des plus faibles, des plus démunis, de tous ceux qui n'ont rien, rien que leur pauvreté. J'ai l'intention d'être comme eux, avec eux. La certitude que je ne serai pas seule dans cette mission m'est d'un grand réconfort. Vous serez là, avec moi, car ensemble, il nous faudra apprendre à connaître le goût de la pauvreté. Vous voyez, poursuivit-elle, indifférente aux murmures qui s'amplifiaient, la sobriété de notre pape ne peut pas être considérée comme une extravagance comme il m'est malheureusement arrivé de l'entendre dire, ou comme un choix personnel. Son exemple devra devenir notre étoile polaire. Il nous faudra changer nos habitudes… »

À ce moment-là du discours, les murmures avaient faibli, laissant peu à peu place à un silence de mort. La consternation était palpable. Les cardinaux étaient tous sur des charbons ardents, se demandant ce que voulait concrètement dire la secrétaire d'État. Peut-être que les cardinaux de la curie devraient renoncer au *piatto cardinalizio*[1] correspondant à une somme d'environ quatre mille euros, et les archevêques, chefs de dicastères à la somme d'environ trois mille euros ? Des sommes plutôt élevées sachant que, pour eux, tout était gratuit : les luxueux appartements à l'intérieur des murs du Vatican, le service (confié aux « bonnes sœurs »), la lumière, le gaz, le chauffage,

1. Expression désuète indiquant la rente mensuelle des cardinaux.

le téléphone. Sans parler du parc automobile bien fourni toujours à disposition. Ils appréhendaient la suite : où tout cela allait-il les mener ? Ils n'allaient pas tarder à l'apprendre…

« Vous devrez tous faire vœu de pauvreté, tous les biens de famille et les héritages seront donnés à l'Église. Il sera opportun que les grands appartements soient dorénavant occupés par au moins deux d'entre vous, pour partager les frais de gestion, et payer une employée de maison. » À ce moment-là, la secrétaire d'État éleva la voix, non seulement pour couvrir le brouhaha grandissant mais aussi pour asséner ces paroles sévères : « Mais qu'une chose soit bien claire pour tous : les femmes qui sont entrées dans les ordres n'ont pas renoncé à la joie de la vie de famille, au réconfort des parents et des frères, à la joie immense de la maternité pour devenir les servantes des confrères, leurs boniches, leurs cuisinières, leurs lingères ou leurs femmes de ménage. Ces religieuses ont fait vœu de pauvreté, ce qui ne veut pas dire que les princes de l'Église ont le droit d'utiliser leurs services gratuitement. Certes, elles sont devenues sœurs pour servir, mais pas pour vous servir. Elles ont renoncé à tout pour servir notre Seigneur, ce qui est tout à fait autre chose, pour être l'intermédiaire sur terre de l'amour de Dieu le Père pour l'humanité, pour rendre concrète sa promesse d'amour, de consolation et de protection. Les sœurs sont là pour servir mais ce ne sont pas des servantes, comme on nomme les aides-domestiques des familles qui, bien sûr, les payent. Ce que vous, tout aussi naturellement, estimez avoir le droit de ne pas faire. »

Les cardinaux échangèrent des regards alarmés en hochant la tête de gauche à droite, se demandant comment ils pourraient se défendre, alors qu'elle renchérissait :

« Je ne suis pas en train de me venger, comme vous le pensez probablement, détrompez-vous ! Il s'agit d'un acte de justice envers mes consœurs que vous avez méprisées comme si les femmes devaient être confinées dans l'arrière-boutique du monde, là où personne ne peut les voir. D'ailleurs vous, vous êtes les premiers à ne pas les voir. Et pourtant, vous devriez méditer en gardant à l'esprit que ce n'est pas seulement grâce au vouloir du pape, mais aussi grâce à la contribution de ces femmes qui vous servaient que le pape a pu initier la révolution que j'ai été appelée à représenter. Nous leur savons gré de nous avoir aidés à déjouer les complots qui risquaient d'entraver les décisions du souverain pontife. Méditons et méditez, vous aussi pour votre bien et pour le nôtre, avec humilité : ouvrez vos cœurs ! Je vous parle ainsi car j'estime qu'il est grand temps que le clergé sache que Dieu le Père, et l'Église avec lui, n'a pas des fils et des servantes, mais des fils et des filles. »

Les destinataires du premier discours de la première femme secrétaire d'État sortirent en silence de la grande salle. Certains s'arrangèrent pour prendre rendez-vous le soir même, dans un restaurant hors du Vatican, surtout pas dans leurs appartements, espérant éviter les oreilles indiscrètes… et les micros.

Achevé d'imprimer en avril 2021
sur les presses de
La Manufacture - Imprimeur – 52200 Langres
Tél. : (33) 325 845 892

N° imprimeur 210343 - Dépôt légal : avril 2021
Imprimé en France

CET OUVRAGE A ÉTÉ COMPOSÉ
PAR ATLANT'COMMUNICATION
AU BERNARD (VENDÉE).